若松英輔
Eisuke Wakamatsu

言葉の羅針盤

亜紀書房

言葉の羅針盤

自分がこうと思って歩きはじめた道が、
ふいに壁につきあたって先が見えなくなるたびに
私はサンテグジュペリを思い出し、これを羅針盤のようにして、
自分がいま立っている地点を確かめた。

（須賀敦子「星と地球のあいだで」）

言葉の羅針盤　もくじ

言葉の羅針盤

避けがたい
試練を生きているときは
言葉を頼みにして
道をすすめ

闇にあって
孤独なときには
言葉を燈火《ともしび》にして

7

道を探せ
逃れることのできない
嘆きのなかにあるときは
言葉を杖に
道を歩け

転んだときも
言葉をよすがにして
起きあがり
己れの道に立ち戻れ

悲しみに

あるいは苦しみに
耐えがたいと
感じたなら
まず　言葉をさがせ
幸運や
奇蹟でなく
すでに宿っている
ひとつの言葉をさがせ

人は誰も
人生の危機を
生き延びるに
十分な

言葉を宿して
生まれてくる

手のひらに
すでに握っているものを
別なところに探しても
見つからない

朽ちることのない
何かをもとめているなら
すでに胸にある
言葉をさがせ

人生の報酬

生きていくうえで、かけがえのないものが存在するのは分かっている。しかし、それが何であり、どこにあるのかが時々分かりにくくなる。

その一方で人は、他者がよいと言うものをその正体もたしかめないまま、あたかも探していたもののように切望することがある。

もっと仕事を評価されたい。もっと金銭的に豊かでいたい。もっと、もっと、と何かを求め四苦八苦している。

必要だ、と考えている何かは未来のものである場合が多い。今、なくてはならないと感じているというよりも、あった方がよいと漠然と感じ、それを欲する。別な言い方をすれば、不確かな願望のために大きな労力と時間を費やしている。

よく考えてみると、人が、なくてはならないと力説しても、自分にもそれが不可欠であるとは限らない。また、当然ながら探しているものが何であるか分からなければ、それが自分の目の前にあったとしても気が付かない。

『星の王子さま』の作者として有名なフランスの作家アントワーヌ・ド・サン＝テグジュペリ（一九〇〇～一九四四）が、人生の本質とは何かをめぐって次のような言葉を残している。

本質的なものとは、たいていの場合、なんの重さも持たぬものだ。たとえば、本質的なものがひとつの微笑みにすぎないこともある。

（『ある人質への手紙』山崎庸一郎訳）

誰かが、ふと自分に静かに微笑みかけてくれる。それだけで人生の意味が深く実感

13

人生の報酬

されることがあるというのである。

ここでの「微笑み」は儀礼的なものではない。自然な笑みというより、どこからか湧き出るような静かな微笑《びしょう》を指すのだろう。先の一節で「本質的なもの」と記されている言葉は、「生きていくうえで、かけがえのないもの」と訳してもよい。それは重さがなく、手に持つことはできない。また、一瞬のうちに顕《あら》われ、けっして繰り返すことがない。

さらにこの一節は、他者に微笑みかけるだけで、人は誰かに生きる意味を伝えられる可能性があることを示してくれてもいる。同じ作品でサン＝テグジュペリは、微笑はときに何ものにも勝る人生の報酬にもなる、という。

微笑みはしばしば本質的なものである。ひとは微笑みによって酬《むく》われる。微笑みによって慰めを受ける。微笑みによって生気を与えられる。そして、ある微笑みの質は、ひとを死地に赴かせることもできる。

サン＝テグジュペリは飛行機乗りだった。二十世紀前半のフランスを代表する作家で、言葉に愛された人だったが同時に、空に招かれた人でもあった。

当時の飛行機は今日のような安全性を備えてはいない。それに乗ることはいつも、文字通りの意味で命がけの行為だった。「死地」というのも比喩ではない。彼は戦地――他者の命を奪うことを拒んだ彼は偵察隊の一員として従軍した――にも赴き、何度も不時着を経験している。

彼は飛行機で、愛する者から愛する者への手紙を、あるいは救急物資を運ぶこともあった。幾たびも経験した大事故、あるいは作家としての成功も飛行機を降りる理由になり得たはずなのに、最後まで操縦桿《かん》を握り続けた。一九四四年七月三十一日、偵察のために基地を飛び立った彼が戻ってくることはなかった。

生きる意味が何であるかは、なかなか明言できない。それは語り得ないが、いつからかそれは、外にではなく、自らのうちにすでにあるように感じるようになった。さらにいえば、ずっと手のひらに握りしめているような心地もする。

15

人生の報酬

新しいものを求めているとき人は、自分に与えられているものを顧みない。すでにわが身に宿しているものが何であるかを熟慮する前に、新しい何かを探そうとしてしまう。これまで幾度となくそんなことを繰り返してきたような気がする。

文字の深秘

いつからか人は、文字に意味を宿し、世界に定着する業を身につけた。文字の原形は、現代人の目には図像に映る。それは単なる記号ではなく、うごめく意味の顕《あら》われだった。人々は、文字には人知を超えた働きが宿るとも信じ、畏敬の念をもってそれに接していた。

読むという行為は、文字の誕生と共に始まった。洞窟の壁面に、あるいは地面に書いたものを読み、人は思いを分かち合った。

文字の歴史は古い。人類の歴史と同じく長い。だが、それに比べると読書の歴史はずっと新しい。

読書が実現するためにはどうしても書物がなくてはならない。どんな様式であるにせよ「書物」と呼ばれる何ものかがなければ「読書」は始まらない。

いつ書物が生まれたのか、その歴史を特定することは難しいが、一説では今から五千年ほど前、古代エジプト文明の時代にさかのぼるといわれる。

書物とは、文字を記した紙、あるいはそれに類するものをまとめたものである、そう定義してみる。物質的な説明としては誤りではないが、どこか物足りない感じがする。書物には、文字をのせた紙の集積であるとするだけでは収まらない何かが潜んでいる。

江戸時代の儒学者にとって『論語』を読むとは、孔子の声ならぬ声にふれることだった。本居宣長にとって『古事記』を読むとは、古代の人々の心の声を聞き、その世界を生きてみることだった。記された文字を頼りに書物を繙《ひもと》く。その経験を深化させることで人は、ついにはそれを書いた者と出会うに至る、と彼らは感じていた。

読書とは、文字を通じて行われる亡き先師との対話である、とかつての儒者や国学者は信じていた。信じていた、というよりもそれが、彼らの打ち消しがたい日常の経験だった。こうした先人にとっての読書にふれ、小林秀雄（一九〇二〜一九八三）が、興味深い一節を残している。

読書に習熟するとは、耳を使わずに話を聞く事であり、文字を書くとは、声を出さずに語る事である。それなら、文字の扱いに慣れるのは、黙して自問自答が出来るという道を、開いて行く事だと言えよう。

（『本居宣長』）

ここでの「自問自答」とは、単に自己との対話を指すのではない。書物に秘められた扉が開くとき、対話の相手は歴史になる。さらにいえば歴史の世界に生きている人々、生きている死者になる。

「味読」という表現がある。「熟読」という言葉にはどこか、頭で読むという語感が残っているが、味読には、それとはまったく別種の感覚が生きている。甘い言葉、苦い言葉と口にすることがあるように、私たちには言葉の「味」を感じる力がある。見た目がよくても美味しくない料理があり、見た目は今一つだが、食べれば全身に染みわたるようなものもある。言葉も同じだ。

あまりに素朴な事実で顧みられることも少ないが、文字は書き記されただけでは意味は十分に開花せず、読まれることによって初めて実を結ぶ。誰かに読まれ、その心に届いたとき、真の姿を顕わす。

文字は書いた者よりも、読む者によっていっそう深く理解されることも珍しくない。ときに新生することすらある。

書き手は種を宿す。それを育てるのは読み手の役割である。書き手が見ているのは、黒い姿をした「文字」と呼ばれる小さな種で、それに光をもたらし、水を注ぎ、花開かせるのは読み手だとすらいえるように思う。

種から芽になり葉となるのに時を要するように、読書も持続的な経験である。人は、文字の意味を瞬間的に認知するのとは別に、時間をかけてゆっくりと認識を深めていくことができる。こうした深化は、年単位で進行することも珍しくない。

厚くなくても、読むのに長い年月を費やさなくてはならない書物がある。なかなか読み終わらない本と出会った者は幸いだ。それは生涯の友になるかもしれないのである。出会ってから年月をかけて互いの心と心を通じ合わせたという人がいれば、その友情は一日で崩れ去ることはないだろう。書物も同じだ。

本は、必ずしも通読する必要はない。苦しいときも、悲しいときも、日々、近くに置いて思うままに読めばよい。

本当の友に似て、そこに記された文字は、何かを高らかに語るとは限らない。だまって嘆きの声を受け止めてくれているだけのこともある。しかし人は誰かに痛みを受け止められたとき、自らのうちに、もう一度立ち上がるのに必要な力が生まれるのを感じる。

自分の意見を押し付けず、深いところで痛みに寄り添う。師友、あるいは愛する人との関係は、そういった姿をしているのではないだろうか。

手紙の効用

漢字が書けなくなってきた。読めるが、書けない文字がどんどん増えてくる。読める文字は知人のような存在だが、書ける文字はそれとは別種の、深い関係で結ばれているような感じがする。

書ける文字が急激に減るのは、もともと少ない友達が勢いを増して離れていくようで、何とも寂しい。

理由は単純で、文字を書かなくなったからに決まっている。文字と親しくなろうとするなら書くしかない。文字が生きている何かだとしたら、漢字の書き取りは、その文字に送る手紙のようなものかもしれない。

手紙の効用

大切な人に自分のおもいを届けるように同じ文字を何度も書く。すると、あるとき打ち解けた関係になることも珍しくない。

どうもうまく文章を書き出せない。そんな日は、目の前にある紙に脈絡なく文字を書く。一つの文字を幾度か書いていると、そこから作品が生まれてくることもある。もう一つ、文字の欠落をどうにか取り戻そうと思って時間を見つけて、なるべく手書きで手紙を書くようにしている。

手紙は本当に不思議な様式だ。口では言えないことだけでなく、書く前は思ってもみなかったことが言葉になって出てくる。思っていることを書くのではなく、書くことによって自分が何を思っていたのかを知らされる。どんなに時間をかけて書いた手紙でも出さないこともあるのはそのためだ。手紙は私たちのなかにあって隠れていたものを顕《あら》わにする。

手紙には必ず受け取る相手がいる。だが、書いているとき思っているのが、受け取る相手のことでなく自分のことばかりの場合、記された言葉にもそのことがにじみ出てしまう。ひとりよがりな言葉は、どんなに流麗な言葉で書かれていても相手の心にはなかなか届かない。

反対に、書いているあいだに本当にその人を想うことができれば、記された言葉がどんなに拙《つたな》かったとしても、そこに込められている思いは相手に届く。受け取った者は、記された言葉の奥に込められた「時」を無形の意味として感じ取るからだ。

少し前のことになるが、十年前に書かれた手紙が届いたという記事を新聞で読み、深く印象に残った。差出人は、岩手県大槌町《おおつちちょう》の臨時職員だった若い女性である。過去形で書いたのは彼女が退職したからではない。東日本大震災で亡くなっているからだ。あの日から三年が経過しようとしていた或《あ》る日、両親のもとに「手紙」が届いた。

町の職員になる以前に彼女は、バスガイドとして働いていた時期があり、その仕事で愛知県にある「明治村」という博物館に行った。そこでは十年後に手紙を届けるというサービスを行っていて、そこで彼女が両親に書いた手紙が、約束された通りに配達されたのである。

手紙には、「お父さんお母さんにはいっぱい、いっぱいお世話になったから、これからは、私が二人のお世話をするからね」と記されていた、と新聞は伝えている。

肉筆の文字には、印刷された文字とは別種の働きがある。それは昔から変わらない。『新古今和歌集』には次のような歌がある。

手すさびの　はかなき跡と　見しかども
長き形見に　なりにけるかな　（八〇五）

かつては、手慰みに書かれた文字だから、そこにさほどの意味を感じることもなかったのに、亡くなってみるとそれがあの人のいる彼方の世界を感じさせる形見になってしまった、というのである。ここでの「長き」とは単に時間的に長く残る、という意味に留まらない。むしろ、永遠の、という語感がある。

作者は土御門右大臣女《つちみかどのうだいじんのむすめ》。右大臣とは源師房《みなもとのもろふさ》のことで、その娘が夫（藤原通房《みちふさ》）の亡きあと、男が扇に書いた文字を見つめつつ、そのかなしみを歌ったものと伝えられる。

人が亡くなっても手紙は残る。すると、そこに記された文字も生前とはまったく違ったものとして映ってきて、相手が生きているときには見つけられなかった意味の深みが観えてくるようになる。

先の手紙も、十年前に書かれたものであることは受け取った両親も理解している。しかしその一方で、今もどこかで「生きている」娘からの、「生きている死者」からの便りとして、その文章を読んだのではなかっただろうか。手紙の文字は、過ぎゆく時間とは別の、けっして過ぎゆくことのない「時」の世界へと私たちを導いていく。

真摯に記された手紙にはいつも、未来においてのみ読み解かれる意味が隠されているのかもしれない。

光の場所

『幸福論』を書こうと思っているが、なかなかうまく行かない。

今もその渦中にいるのだが、あまりにペンが進まないので、幸福は論じる対象ではなく、生きて体感してみることなのかもしれないと考えたりもした。

そう書きながら一方では別種の手応えもあって、「書けない」と思う主題は多くの場合、遠からず書けるようになるのもどこかで感じている。書けないと感じるところまで赴いてみないと書くべき言葉に出会えないともいえるのかもしれない。

幸福は、深い喜びの経験に違いないのだが、それは必ずしも喜悦の出来事を伴って現れるとは限らない。改めて考えてみると、幸福はしばしば耐えがたいと思う悲痛の経験のあとにやってきたように思う。

悲しみの経験の「あとに」と書くのは精確ではない。それは「共に」というべきなのだろう。悲しむのは、それまで気が付かなかった幸福の存在を苛烈なまでに感じるように強いられる人生の事件でもあるからだ。

さらにいえば、悲しむことによって人は、初めて幸福とは何かを認識することすらある。

たった一つの言葉が、人間を暗闇から救い出してくれることがある。そればかりか、生きる意味とは人生の言葉と呼ぶべきものとめぐり逢うことのようにすら思う。

闇を照らす言葉は、信頼できる人の口から発せられることもあったが、縁のない人から語り出される場合もあり、書物のなかから飛び出してくる、そんな日もあった。

悲しみの底にあるとき、光となったのは「かなしみ」という言葉だった。「かなしみ」を生きながら、「かなしみ」とは何であるかを知らない、そう感じたとき人生の扉が少し開いた。

「かなしみ」を確かに感じている。だが、「かなしみ」が何であるかが分からない、そうしたことは私たちの人生には幾度かあるのではないだろうか。誤解を恐れずにいえば、人は、「かなしみ」を生きるとき、もっとも強く幸福を感じることさえある。

さまざまなところで書いてきたが、「悲し」「愛し」「美し」「哀し」はみな、「かなし」と読む。詩人の中原中也（一九〇七〜一九三七）は「愁しい」と書いて「かなしい」と読ませている。

五つの別種の「かなしみ」があるのではない。「かなしみ」にはいつも「悲」「愛」「美」「哀」さらには中也であれば「愁」という言葉で語るべき実感が折り重なっている。

「哀れ」は「あわれ」と読むように「哀」という文字には、不可解な、しかし時に慰めに満ちた世界に対する詠嘆の心持ちが込められている。「あわれ」とは「ああ、われ」という心情が姿を変えたものであると、江戸時代の国学者・本居宣長はいう。それは他者の心のうちにある「かなしみ」を「我《われ》」の出来事として感じてみようとする働きにほかならない。

「ああ」という、何とも痛切な表現は、容易に語り得ない出来事と向き合って言葉を奪われたさまを示している。人は、ひとたび言葉を絶してみなければ、真に語るべきことに出会うことはできないという現実をこの言葉は教えてくれている。

言葉はときに、光となって私たちの人生に現れる。人は、言葉によって照らされた道を歩いている。ある出来事を経てからそう感じるようになった。危機にあるとき私たちは本能的に言葉を探す。

試練にあって、暗がりを歩かなくてはならないときも、まずつかみとろうとするのは言葉なのではないだろうか。『新約聖書』の「ヨハネによる福音書」のはじめにはこんな言葉が記されている。

み言葉の内に命があった。
この命は人間の光であった。

（フランシスコ会聖書研究所訳）

——

悲しみの闇のなかにあったとき、わずかばかりの光となったのは言葉だった。光は輝いてなどいない。光によって照らされたものが輝いているのである。あるときまで「かなしみ」は避けるべきものであると信じて疑わなかった。だが、今はそうは思わない。「かなしみ」は、それまで感じることのできなかった人生の意味を照らし出してくれる。先に引いた一節のあとには次の言葉が続く。

——光は闇の中で輝いている。

幸福が悲しみを伴って顕現するように、光はしばしば闇を伴って訪れる。闇こそが、わずかな光をもとらえて離さず、そのありかを私たちに教えてくれる。闇ほど強く光に照らされるものは、この世に存在しない。

闇は、私たちを恐怖に陥れるためにあるのではない。いっそう強く光の存在を告げ知らせるために顕《あら》われるのではないだろうか。

内なる医者

誰も傷つけたくないし、傷つけられたくもない、みな、そう願いながら生きている。だが、それを実現できずにいる。それればかりか、いつどこで他者を傷つけているかも、よく分かっていないのかもしれない。

暴力をふるってはならない。その人のからだを傷つけるからである。誰かにそう教わった。確かにそうだ。力でねじ伏せようとする者は、世に、あるいは法によって裁かれる。

暴言を吐くのもいけない。その人の心を傷つけてしまう。その通りだと思う。不意の衝撃によって肉体から血が流れるように、言葉によって傷ついた心からも目に見えない「血」がほとばしる。

しかし、街で、信じがたいほど恐ろしい言葉が飛び交っている今、こう書いても、単なる比喩だと思われるのかもしれない。

かつて、ハンセン病を患ったことのある知人と話しているときのことだった。ハンセン病は、現代日本では完治し、感染することも発症することもほとんどない。だが、かつては状況が違って、この病を背負った人は多くの偏見と差別に苦しまなくてはならなかった。

ふと彼女が、心を熱い涙がつたうことがある、と言った。涙は目に見え、こぼれ落ちるだけとは限らない。あまりに深い感情に襲われたとき、見えない涙が心を流れるというのである。

あの日のことが忘れられない。彼女は、自分が特別なことを話しているとはまったく感じておらず、何もなかったかのように話を続けていたが、大げさではなく、このときを境に私の人生は大きく変わった。

心をつたう熱い涙という言葉を聞くまで私は、肉眼には映らない、見えない涙があることを知らなかった。楽しいとき笑うように、悲しいとき、人は泣く。肉体を傷つけられれば血が流れ出すように、心に傷を感じる者は、表情を曇らせ、人前ではなくても涙を流す、そう信じていた。

この話を聞いたとき私は、容易に抜け出ることのできない悲しみの洞窟にいた。自分の流した涙で掘った、暗がりへの道を進んでいるようでもあった。しかし、あるときから涙が出なくなっていた。

慟哭《どうこく》することはないが、悲しみはいっこうに癒えない。それればかりかいっそう深まっている。止むことなく自分の胸を流れているものが何であるかを知らずにいた。

悲しみが深まるとき人は、なくてはならない二つのものを失うことがある。一つは涙、もう一つは言葉だ。

悲しみがある地点に達すると涙は涸れ、不可視な涙が胸を流れるようになる。そして、誰かに向かって助けを求めることができなくなってしまう。

耐えがたい悲しみを抱える者のなかには医師のところへ行く者もいる。深層心理学の巨人ユング（一八七五～一九六一）は医者でもあった。没後に刊行された、語り下ろしの『自伝』で彼は、医師の条件をめぐってこう語っている。

——傷ついた医者だけが癒すことができる。

（『ユング自伝』1　河合隼雄他訳）

人生の危機にあるとき患者は、自らの状況を精確に訴えることができないばかりか、その現状に気が付くことすらできない。深く傷ついた経験のある医師は、そのことを、身をもって知っている。治癒は、痛みが誰かに受け止められるところから始まるというのだろう。

先の一節に続けてユングは、「甲冑のような」人格を伴って威嚇するような調子で患者に接する医者は、癒す力をまったく失ってしまうと述べている。

弱さの上に立つとき人は、他者を深く慰める役割に参与する栄誉を与えられるが、強さによってそれを成し遂げようとするとき、慰藉《いしゃ》という神聖なる任務を解かれてしまう。

そもそもユングは、真に傷を癒すのは医師の役割ではないと感じていた。医師は、治癒が起こるのに立ち会うだけだ。あるいはそのための助力しかできないのをはっきりと自覚していた。それなら悲嘆の谷に暮らすことを強いられた者は、何を頼りにそこから抜け出ればよいのか。その鍵は、患者の胸に秘められている「物語」にある、とユングは語っている。

私たちのところへ来る患者は、話されていない物語をもっており、それを概して誰も知らないでいる。〔中略〕それは患者の秘密であり、彼らが乗り上げている暗礁である。

真に癒しをもたらすものは、すでに心にある。人は、それを見失っているだけだというのだろう。医師は、それが顕現する環境を整えることしかできない。

人は、他者をあるいは自己を傷つける存在でもあるが同時に、自らを癒し、また、他者に治癒が起こるのを助けることもできる。

傷を感じるたびに、私たちは自分にこう語りかけてよい。

お前は確かに傷ついている。しかし、お前は同時に自らを癒すに十分な力を、その胸に秘めている。

たましいの水

心は存在するかと聞かれれば、誰もが存在すると答えるだろう。そればかりか、心がないといわれれば、多くの人が強い憤りを感じるのではないだろうか。

だが、魂は存在するのか、と尋ねられたらどうだろう。言葉をにごす人、あるいは「魂」が何を意味するかをはっきりしてくれなければ、その問いには答えられないと声を荒らげる人もいるかもしれない。

魂という言葉は、現代人である私たちをどこか不安にさせる響きを持っている。それでもやはり私たちは、心という枠組には収まりきらない何かがあるのを魂という言葉に感じている。魂の存在を信じる人が少なくなっても、この言葉に宿っている力は、いっこうに減じない。

日本の深層心理学に巨大な影響を与えた河合隼雄（一九二八～二〇〇七）は、あるときまで「魂」という言葉をほとんど用いなかった。魂に関心がなかったのではない。むしろ、関心は魂にこそあった。彼が敬愛したユングは、自身を「魂の医者」と称したことがある。「心理学」psychology は、そもそも語源的には「魂の学」を指す。こうしたことを河合は熟知していた。

それでも河合がこの言葉をあまり用いなかったのにはいくつか理由がある。この言葉の使用が学問の世界において歓迎されないのも要因の一つだった。さらに、戦時中「魂」という言葉が時の権力と結びつき、戦う者を鼓舞し、人間のいのちを奪った経験が、彼の念頭から去らなかったことも大きかった。

しかし、一九八五年頃から彼は、意識や心とは異なる何ものかを「たましい」とひらがなで書き、積極的に論じ始める（「たましい」という表記は最初の著作となった『ユング心理学入門』にすでにある）。このとき心理療法家となって二十年の歳月が経過していた。

さらに一九九二年になると、心理療法家に託されているのは心の奥にある「たましい」が、「何を問いかけようとしているのか、それに耳を傾けようとする」ことであると語り、心理療法家の仕事と「たましい」を深く結びつけるようになる（『心理療法序説』）。

別な著作で彼は、「たましい」は概念ではなく、個々の人間において生きている、容易にとらえがたい何ものかだという。さらに、この言葉を万人に分かるようなかたちで定義することもできない、とも書いた。

「たましい」に限らず、生きているものを多くの人に共通の理解を提供するようなかたちで定義することはできない。しかし個々の人間は、自分にとってかけがえのないものを胸に刻むように「私の定義」を行うことができる。

哲学者のアラン（一八六八〜一九五一）は、誰に見せるでもなく、自らにとって重要な言葉を定義する習慣を持っていた。彼は何枚もカードを準備し、自分の実感にもとづいてさまざまな事象を言葉にしていった。

没後、彼の自宅からこのカードが発見され、『定義集』と題して刊行される。そこで彼は「魂」をめぐって興味深い言葉を遺している。「魂とは肉体を拒絶するなにかである」と記し、こう続けた。

たとえば、からだが震えているとき、逃げるのを拒絶するなにか。からだがいらだっているとき、殴るのを拒絶するなにか。からだが渇いているとき、飲むのを拒絶するなにか。からだが欲しているとき、食べるのを拒絶するなにか。からだが嫌がっているとき、諦めるのを拒絶するなにか。〔中略〕ひとが意識するのは、自己が自己に対立することによってのみなのだ。

（神谷幹夫訳）

人間からは、勇気、忍耐、情愛、憐憫《れんびん》、敬虔などの徳が生まれ出る。しかし、それを邪魔する何かも、人のなかに潜んでいる。「たましい」は、こうした人徳の出現を邪魔する働きに抗い、徳性の出現を準備する働きだというのである。アランも河合と同様、魂を静的なものとしてはとらえていない。それはつねに、ある「行為」となって世に顕現するという。先の一節に続けてアランは魂の顕《あら》われの具体的な事象として、マケドニアの王であり、ヨーロッパ大陸からアジアの一部を支配したアレクサンダー大王が行ったある行動に言及する。

アレクサンドロスは砂漠を横切っているとき、水のいっぱい入ったかぶとをもらうと、感謝し、そして全軍の前で地面に流している。度量の大きいこと。魂とは、すなわち大いなる魂。卑しい魂などは存在しない。それはただ、魂を欠いているだけだ。この美しい言葉は一つの存在を示すものではまったくない。それはいつも一つの行為を示している。

王が軍隊と共にインド遠征から帰ろうとして、ある砂漠を渡っていたときのことだった。持参していた水が尽きる。砂漠で水を失った者に待っているのは死である。

このとき兵士の一人が、どこからか水を見つけ、兜に汲み、それを王に渡す。兵士の誰ひとり、水を飲んだ者はいなかった。王だけは助けたいと思い、水を差し出したのだった。しかし王は、それを受け取らない。みなと苦しみを共にする、といい、手渡された水を砂漠に流す。

目に見える水は消えた。しかしそこからは、信頼という名の、魂を貫流し、涸れることのない不可視な水が湧出した。

王と兵士たちは、この「水」を頼りに、多くの試練をくぐり抜け生還することができたのである。

塵《じん》埃《あい》の彼方

哲学者の和辻哲郎（一八八九〜一九六〇）が、若き日に古都奈良を旅したときの印象を記した『古寺巡礼』と題する著作がある。

一九一九（大正八）年に初版が刊行され、およそ百年が経過した今日もなお版を重ねているからすでに古典といってよいだろう。和辻は二十世紀日本を代表する思想家であるが、ある時期、夏目漱石に師事し、小説家を志したことのある人物でもあった。

彼は漱石の文章を読んで自分は小説家になれないと悟り、哲学の道に進んだ。和辻に文才がなかったのではない。漱石には及ばなかっただけである。彼の選択は正しかった。もし彼が小説の道を選んだとしたら、歴史が彼の名前を記憶することはなかったかもしれない。

この作品に初めてふれたのは高校の国語の教科書だった。その印象が忘れがたく、何かに強く促されるように書店で文庫本を買った。

振り返ってみると、この本が、私にとって、初めて読んだ日本の哲学者の文章だった。「哲学」は、文学にきわめて近い営みとして現われた。この本は、学校の授業でならうような「哲学」の様相をしているとは限らないことを教えてくれた。この一冊との邂逅が、私にとっての文学、あるいは哲学のありようにじつに大きな影響をもたらしていたことに、今さらながら気が付く。

『古寺巡礼』を旅行記と呼ぶこともできるが、それではこの著作の魅力を十分にすくいとれない。それは、松尾芭蕉の『奥の細道』に同じ名称を付すのに似て、あまりに表層的に過ぎる。

今日ではあまり用いなくなったが、「随想」という表現がある。単に身辺雑記を綴った文章とは異なり、様式は随筆的なのだが、語られている内容が思想的でもある作品をかつてはそう呼んだ。また、随想と称されるには、意味深い問いが随伴しているだけでなく、言葉の美しい音律がなくてはならなかった。『古寺巡礼』は近代日本を代表する随想作品だといってよい。

一八八四（明治十七）年、アメリカ人の哲学教師で美学の研究者でもあった、アーネスト・フェノロサ（一八五三～一九〇八）が、国の命を受け、通訳の日本人を連れて法隆寺を訪れた。

廃仏毀釈《はいぶつきしゃく》のため、奈良の寺は荒廃していた。「廃仏毀釈」とは仏寺、仏像などを廃し、釈迦の教えを毀《こわ》すことを指す。明治政府による神道の優位を説くもので、明治期に行われた事実上の仏教への迫害だった。

フェノロサは仏教の戒を受け、いわゆる入信をするほど仏教に魅せられていた。そうしたなか寺院や仏像がどのような状態にあるのかを調べていたのである。このときの通訳が、後年、現在の東京藝術大学、東京美術学校の実質的な創業者となる岡倉天心（一八六二〜一九一三）だった。

この調査でフェノロサが発見したのが、秘仏とされていた救世《ぐぜ》観音である。聖徳太子をかたどったと伝えられるこの仏像は、人の手にふれられないまま数百年間、扉の奥に置かれていた。いたずらに禁を破れば祟りがあると、人々は真剣に信じていたのである。

『古寺巡礼』で秘仏発見の様子を和辻は、次のように描き出す。文中にある「厨子《ずし》」とは仏像を安置するための大きな箱である。

厨子のなかには木綿の布を一面に巻きつけた丈の高いものが立っていた。布の上には数世紀の塵が積もっていた。塵にむせびながらその布をほどくのがなかなかの大仕事であった。布は百五十丈ぐらいも使ってあった。

「塵」と書いて、ここでは「ちり」と読むのだろうが、この文字は「ごみ」とも読む。今日では生ごみ、ごみ箱などと表記されることが多いが、「ごみ」という言葉も漢字を通じて眺めてみると違ったものに見えてくるのではないだろうか。

「ちり」もごみには違いない。だがこの一文を読んでいると、「ちり」は単に布を覆うほこりであるよりも、積み重ねられた歳月であり、また、この仏像に向かってささげられた無数の祈願の象徴のようにも思えてくる。

人々の目から離れたところで秘蔵されているのは、仏像ばかりではない。奈良時代の宝物を収蔵している正倉院と呼ばれる建造物がある。この場所には古い日本の宝物だけでなく、現在のイラン、かつてのペルシャから伝わってきたものも蔵されている。すでに日本は「物」によって中東とつながっていた。

正倉院に収められているものは「正倉院宝物」と呼ばれ、他の重要な文化財と比べても別格な扱いを受けてきた。ここに収蔵されているものにふれ、和辻が、同じく『古寺巡礼』に興味深い文章を残している。

天保四〔一八三三〕年の目録によると、長持のなかに「御衣類色々、古織物数多」や「御衣類、塵芥」などがあった。今でも塵芥のようになった古い布地はおびただしい数量であると言われる。

長持《ながもち》――衣装などを保存する木箱――のなかには、古代の衣装だけでなく、すでに塵のようになった古い布地がじつに多くある、というのである。

これらの宝物は、天保四年の前にも何度かの修復を経て、今日まで伝えられてきた。人は、ほとんど「塵」となったものを処分することもできた。だが、そう考えた者は、どの時代にもいなかった。

かつて「物」という言葉には二層の意味があった。一つは物質、そしてもう一つは、今日でいう「存在」を意味していた。

古代から伝わってきた宝物は物質としては「塵」と化した。しかし、その存在においては今日もなお、光を放っている、そう感じられたのではなかったか。

同質のことは私たちの生涯にも起こる。かたちあるものは崩れ、私たちの手からすり抜けるように消えてゆく。しかし、その不可視な存在は、物質としての形姿が消滅したあとでも私たちの心のなかで、まざまざと、あるときは、以前よりも力を帯びて生き続けるのではないだろうか。

純粋な光は、概念としては存在し得るが、人間はそれを現実として経験することはできない。感覚できるのは光が照らし出したもので、光そのものではない。光は万物を照らし出すが、自身の姿を顕《あら》わさないことから、さまざまな宗教において「光」は「神」を意味する言葉として用いられた。

光がなければ色はない。別な言い方をすれば、色のあるところには必ず光がある。色は、光の化身だといってよい。

もし、色の経験を純化することができれば、それは光を経験することに近づくことになる。そう考えた人は古くからいる。

光はつねに、世を照らす。闇は、光が失われた状態ではなく、私たちの目が、闇の光をとらえられなくなったに過ぎない。闇を生み出しているのも光だ。むしろ、闇はもっとも力強く光のありかを告げ知らせる。

時空が止むことなく変化している以上、厳密には同じ色を二度と見ることはできない。何かを「青」という色で表現することはあっても、人は、同じ青にはふれ得ない。人はいつも、今の「青」に接している。だが、そのことを十分に感じられないでいる。

美術館に行けば同じ絵が見られる、というのも厳密な意味では精確な表現ではない。絵は、人の目には映らないが、ゆるやかに変化している。

色は、光と意識が作り出している現象だともいえる。意識の状態が異なると、昨日と同じ絵を見てもまったく違った情感を抱く。

異なる光、異なる時、異なる人間が異なる意識によって「色」をとらえる。どうして同じ色を見ることができるだろう。

一輪の薔薇に宿った深紅も、ある人にとっては熱情の象徴に映り、ある人にとっては愛する者の想い出と静かに結びついている。あるときリルケは薔薇を眺め、そこに感じる事象に心ゆすぶられ、「魔術師の本」と呼んだ。彼のような詩人にとってそれは、人生の秘義を記した「書物」に見えたのである。

色は動いている、という哲学者もいる。プラトン（BC四二七～BC三四七）である。彼は『テアイテトス』と題する著作でソクラテスにこう語らせている。難しい表現は何一つない。しかし、早く読もうとすると分からなくなる。じっくりと手応えを確かめるように味わっていただきたい。

白いもののままで流れているのだということもまた、そのままとどまっているのではなくって、むしろその点にとどまりがあるのを取り押さえられないために、それは変動するのでして、したがって、このもの——すなわち白——そのものにも流失があり、また他の色への変動があるということにな

ると、何かそれを色の名で呼んで、しかも正しい呼び方をしているというようなことは、一体そもそもありうることでしょうか。

（田中美知太郎訳）

はじめは白いと感じられた大理石の彫刻も時間と共に色を変じてくる。それは白として生まれ、白ではないものへと変貌していく。そのことが分かっているにもかかわらず、「白」というだけで終わりにしてよいのか、とプラトンは問いかける。

色は、水が川を流れるように世界を奔流している。色を呼ぶとき人は、「白」のような一般名詞ではなく、うごめく何か、今、ここにしか存在しない一つの出来事を胸のうちによみがえらせなくてはならない。しかし、現代を生きる私たちは学校で、自分が「白」と呼ぶものを、他者も同じように経験していると教えられる。

別な著作でプラトンは、形のあるものにはすべて色があるとも書いている。色と形が不可分に存在しているとしたら、彫刻のように動かないように見えるものも、毎瞬、私たちの眼ではとらえきれない微細な変貌を遂げていることになる。

もちろん、彫刻が目の前で古くなっていくようなことはない。しかし、それは絵画同様、時の経過と共にたえまなく変化している。ただ、私たちはそこに「古く」なったと感じられるほど大きな変化が現れない限り、そのことを顧みない。

動くものは、私たちの意識だけでなくその奥にある「魂」に働きかける、とプラトンは考えていた。肉眼ではとらえきれない動きを感じようとするとき、私たちは目だけでなく魂の扉を開かなくてはならないのだろう。

色は、意識だけでなく、いつも魂に呼びかける、とロシアの画家カンディンスキー(一八六六～一九四四)はいう。それればかりか色は、「魂に達するための路となる」とも書いている(『抽象芸術論――芸術における精神的なもの』西田秀穂訳)。

色は、人間を魂の世界へと案内する見えない導師だというのである。

島への便り

人は、さまざまな相手に手紙を書くことができる。「生きている」と自分が感じる相手であれば何でもよい。

人間だけでなく、花でも鳥でもよいし、過去の自分に宛てて言葉を紡いでみるのもよい。手紙を書いてみると、相手の存在が、よりはっきりと感じられてくるのに気が付くだろう。

昔、人は手紙の代わりに和歌を送った。和歌は、人に向けられたものばかりではない。歌人たちはときに花に、鳥に、月に自らのおもいを書き送った。たとえば『古今和歌集』には次のような在原業平《ありわらのなりひら》の歌がある。

名にしおはば　いざこととはむ　都鳥《みやこどり》
わが思ふ人は　ありやなしやと　（四一一）

名前の通り、都の実情を知るとされる都鳥よ、お前に尋ねよう。私の愛する人は、都で無事に暮らしているのか、いないのか、というのである。鳥は宙を舞い、人の知り得ぬものを知り、また、見えないものを見ると信じられた。鳥に思いを託す歌は少なくない。

鳥だけでなく、花鳥風月はみな、人が便りを送る相手だった。しかし、そこに留まらず、島に向かって手紙を書いた人物がいた。鎌倉時代の僧、明恵《みょうえ》（一一七三～一二三二）である。

あるときこの人物は弟子に、島に宛てて手紙を書いたから届けてほしいという。弟子は冗談かと思ったが師は本気だった。弟子がどこに届けたらよいか尋ねると、苅磨《かるま》の嶋（島）だ、と明恵は応える。島のどこですかと尋ねると、島であればどこでもかまわない。明恵からの手紙を持ってきたと高らかに声を上げ、島に置いてくれればそれでよい、という。弟子は言われた通り舟で島へ赴き、手紙を置いて帰って来る。

明恵にとって苅磨の嶋は、特別な場所というよりも「島」の姿をした友だった。あるとき彼は、この場所で修行をしたことがあった。島への手紙で彼はこう記している。昔の人は手紙を「消息《しょうそこ》」と呼んだ。

消息など遣《や》りて、何事か有る候など申したき時も候へども、物いはぬ桜の許《もと》へ文やる物狂ひ有りなんどいはれぬべき事にて候へば、非分の世間の振舞ひに同ずる程に、思ひながらつゝみて候也。然れども所詮は物狂はしく思はん人は、友達になせそかし。

桜の木に手紙を送って、思いを伝えたいと感じる。だが、言葉を発しない桜に宛てて手紙などを出せば、世人は気が違ったと思うだろう。世の常識に従って、今まではそうしたことはせずにきた。しかし、こうした行いを見て、愚かなことをする、と蔑《さげす》む人とは、結局、友にはなれない。そう思い直してこうして手紙を書いている、というのである。

手紙の現物は残っていない。先の文章も生前からすでに伝説の人だった明恵の生涯を弟子たちが記した書物、『明恵上人伝記』にある。

学問的な「事実」に照らしてみれば、先のように明恵が書いたかは分からない。しかし語られていることは、明恵が実際に残しているその他の記録に重ねてみても、何とも明恵らしい。

書物には文字で記された教えがあるように、自然には見えない言葉によって仏法が説かれている、それが明恵の実感だった。それは、情愛をもって語りかける相手であり、また、彼に時折何かを呼びかける存在だった。手紙を書こうと思ったのも、自分の思いを届けようとしたからではなく、目には見えず、耳には響かない島の見えない便りを、彼が受け取ったからだったのかもしれない。

生きていれば、いつか大切な人を喪うこともある。だが、うしなうのは人だけではない。天災に遭えば、大切な場所を失うこともある。

うしなったものはかつてのようには存在しない。だが、それらは永遠に消滅したのだろうか。手でふれることができなくなっただけで、私たちの心のなかで、さらにいえば、もう一つの彼方の世界で「生きつづけて」いるのではないだろうか。

先にも書いたように人は、「生きている」と感じるものには何であれ、手紙を書き送ることができる。人でなくてもよい。場所にも、また、すでに逝った人に向かっても手紙を書くことができるのである。

世の中には、こうした行為を非理性的で無意味だと笑う人もいるかもしれない。しかし、そうした声を耳にしながら私たちは、明恵と同じく、心のなかで「所詮は物狂はしく思はん人は、友達になせそかし（友とするな）」とつぶやくこともできるのではないだろうか。

肌にふれる

文章を書いているとしばしば、辞書に記されている意味とは別個な語感が自分のなかに生まれてくる。記号的意味とは違う、その人の生活と人生に裏打ちされた言葉の感覚が宿る。書くとはそうした固有の意味に出会おうとする試みだといえるのかもしれない。

その感触の違いを人はときに、漢字とひらがな、あるいは漢字とカタカナで使い分ける。「力」と「ちから」、「時」と「とき」、「命」と「いのち」、音の上では同じだが、そこに込められた意味が異なるのはすぐに分かる。

漢字には力強さと共に、どこか公的に認められた、という語感がある。『古事記』

の時代から公的な文書は漢字だけで記された。しかし、中世になって「私」という存在が意識され、男性だけでなく女性もまた、自らのおもいを文章に書き連ねるようになると、かな文字が用いられるようになってくる。漢字が直接的に普遍性を求めるのに対し、かな文字には、「私」という通路を経て普遍にたどり着こうとする動きがあるように感じられる。

心の琴線にふれる、というが、琴線に触《さわ》るとは言わない。触れると書いて「ふれる」と読むこともできるが、私には「触れる」という文字はどこか、物理的な触覚を想起させる。私のなかで「ふれる」という行為は、深まると触覚を伴わない経験を意味するようになっている。

そう考えると、皮膚は「触る」でもよいが、肌となると「ふれる」でなくてはならないような感じがしてくる。身体器官の一部である皮膚は触り得るが、肌は違う。他者の「肌」に強引にふれることはできない。肌は、皮膚という衣の下にある。さらに、皮膚の下に人は心という見えない衣をまとっている。

心を閉じている相手に皮膚を触られたとき、人は嫌悪を覚えるが、愛する者に肌をふれられるとき、喜びを覚える。人は肌に直接ふれることはできない。最初に交わっているのは心なのである。誰かの肌にふれたいと願うなら人は、まず、その相手と心を通わせなくてはならない。

心は体のなかにあるのではなく、心が体を包んでいる、そう考える宗教者は、世の東西を問わず宗派を問わず、昔からいる。難しいことではない。肉体と肉体の前に、心と心が呼応するからこそ、気配を感じるということも起こり得るのだろう。

心の働きは「皮膚」を「肌」に変じる。医師は人の皮膚を見る。恋人の目の前にあるのは肌であって、皮膚ではない。

——やは肌の　あつき血汐《ちしお》に　ふれも見で　さびしからずや　道を説く君

やわらかく美しい肌と、それを包む燃えるような思いにふれようともしないで、ひたすらに人生の道を説くあなたは、そんな生き方をさびしいと感じることはないのでしょうか、というのである。与謝野晶子（一八七八〜一九四二）の『みだれ髪』にある有名な一首だ。

恋愛が成就するためには単なる皮膚の接触ではなく、血潮に燃える肌によって結ばれなくてはならないというのだろう。

「血」という文字も不思議な言葉で鮮烈な赤を想起させつつ、伝統的には目に見えない、しかし貴いものを指す。「血気」は生命力のこと、「血涙」は目に見えない涙を意味する。

同じ歌集には、そうした彼女の実感がより鮮明に歌われている次のような一首もある。

――くれなゐの　薔薇のかさねの　唇に　霊《たま》の香《か》のなき　歌のせますな

深紅の薔薇の花弁を重ねたような美しい唇で、いのちの香りなき歌を歌ってはならない、というのである。

この歌を彼女は、自戒の念を込めて歌ったのかもしれない。または、夫となる与謝野鉄幹をめぐって恋のライバルでもあった山川登美子を思って詠んだ可能性もある。

まったく状況は違って、晶子が鉄幹にささげたものだったのかもしれない。烈しい恋心を抱いている彼女の目に、鉄幹の唇が深い光輝を振りまくほど美しく感じられたとして、いったい何の不思議があるだろう。このとき、唇は皮膚の一部ではない。文字通りの意味で燃え上がる「肌」となる。

肌は、『万葉集』にも歌われている。作者は不明で防人《さきもり》が詠んだと伝えられる。「児《こ》ろ」は「子ろ」と記す場合もあり、愛する人を指す。

笹が葉の　さやぐ霜夜に　七重着《か》る
衣に増せる　児ろが肌はも
（四四三一）

笹の葉が、さやさやと鳴り、霜が降りるほど寒い冬の夜、七重にした着物を着るよりもあたたかかな、あの人の肌を思わずにいられようか、というほどの意味だろう。

防人は今日の九州地方の警護に当たった兵士である。彼が想う人は遠くにいる。しかし、この歌を詠むことによって男は、その胸に不可視な護符のような焔《ほのお》を灯らせようとしたのではなかったか。その熱を支えにして彼は、必ず女性のもとへ帰る、そう心に誓ったのではないだろうか。

記憶されない夢

夢が、私たちの日常生活と分かちがたい関係にあるのは改めていうまでもない。ただ、夢は人の意識的生活だけではなく、無意識の生活とも密接な関係を持っている。

古代から夢は、重要な役割を持つと信じられた。たとえば『新約聖書』において夢は、しばしば神の言葉をこの世に運び込む。

「マタイによる福音書」によるとイエスの父ヨセフは、妻がイエスを身籠ったことを夢で知らされ、さらに救世主である子イエスのいのちが狙われていることも夢で知り、危機を回避することができた。

日本仏教でも夢は、彼方の世界とこの世をつなぐ道であると考えられていた。明恵は、夢を重要視しただけでなく、「夢記」という夢日記をつけていた。法然の弟子親鸞の生涯を見ていると幾度か夢によって救われ、また、導かれている。

だが、近代になって合理的な世界観が広まると「夢」という言葉も次第に現実味を失っていくことになる。「私の夢」は、と人が語るとき、それは具体的な目標や願望を意味するようになってしまった。

人が夢を語ることをやめても、夢の「口」を封じることはできない。むしろ、私たちが夢と向き合わなくなればなるほど、夢が何かを伝えようとする働きは強くなってくる。

このことに注目したのがジークムント・フロイト（一八五六～一九三九）だった。彼の名が歴史に刻まれることになった著作が、夢をめぐるものだったのは偶然ではない。一九〇〇年に『夢判断』（夢解釈ともいう）が刊行された。ここに深層心理学が産声を上げた。

この本とその著者の登場を強い衝撃をもって受け止めたのがカール・グスタフ・ユ

ングである。フロイトもユングの異能をいち早く認め、後継者にしようとする。しかし、しばらくすると彼らは訣別する。共に夢を読み解こうとした。しかし、その視座があまりに違ったのである。

フロイトにとって夢は、いわば秘密の箱であり、分析者はそのなかに秘められたものを見出さなくてはならない、と考えた。また、彼にとって夢は、何らかの意味で症状と結びつくものとして認識された。少なくとも科学者フロイトは、そういう場所に立とうとした。フロイトのなかには深層心理学者としての彼と、学問的世界の常識から逸脱する思いを宿す「思想家フロイト」がいた。

精神分析学を正統なる学問にするために、「思想家フロイト」の口を自ら封じようとする師に対して、ユングは強い違和感を覚える。夢を学問という小さな空間に封じ込めようとしているように映ったのだった。もちろん、ユングはフロイトの功績を高く評価していた。しかし彼は同時に、夢にはフロイトの考えた精神分析学には収まり切らない働きがあることにも気が付いていたのである。

ユングにとって夢は、必ずしも症状と関係がある現象であるとは限らない。夢はときに、甚大な影響をもたらす出来事の予兆であり、また警告でもある。それは個人的な出来事だけでなく、時代に、あるいは民族にかかわることを告げる。個々の人間の生活にとっても夢はもちろん、示唆であり、治癒となり、新しい人生の幕開けを告げる合図となることもある。夢は、心という得体の知れない境域からやってくるイマージュで記された手紙だった。

ユングもフロイトも視座は異なるが、夢を解釈しようとする点では一致している。また、彼らにとって問題だったのは、意識に記憶された夢だった。

大脳生理学が指摘しているように人は、睡眠のあいだに何度か夢を見ている。私たちにも、覚えていないにもかかわらず、夢を見たという感触が残ることが珍しくない。この記憶されない夢に注目したのは哲学者のアンリ・ベルクソン（一八五九〜一九四一）だった。

『夢判断』が刊行された翌年に彼は、心理学総合研究所で夢をめぐって講演をしている。そこでベルクソンは、これからの心理学が果たすべき責務は、記憶されている夢だけでなく、記憶されていない夢の意味を読み解こうとすることだという。また、心理学の未来にふれベルクソンは、「無意識をそれにふさわしい方法で探り、精神の地下室を研究すること」にほかならず、その試みにおける発見は、近代の数百年にわたる物理学やそのほかの自然科学の発見に勝るとも劣らない何かを人類にもたらすに違いない、と二十一世紀を予見させる発言も残している。

この講演でベルクソンは、夢を、昼間私たちが十分に顧みることのできなかった人生の忘れ物を届けに来てくれる何かだといい、そのはたらきを説明するのに深刻な病を背負っている人とそれを看病する者の関係を例にしながら、こう語っている。

私が昼間、絶望的な状態の病人を看護しているとします。私の心にかすかな希望の光が一瞬射すと、それがすぐに消えてほとんど意識されないものであっても、その夜、私の夢に病人は回復した姿であらわれるでしょう。いずれにせよ、私は死や病気よりも回復の夢を見るのです。要するに、夢の中にいちばん戻って来やすいのは、いちばん注目されなかったものなのです。

(『精神のエネルギー』原章二訳)

病者は、懸命に病という試練と闘い、回復の道を歩き始めている。しかし、そのことを私たちの肉眼は十分にとらえることができない。だが、心の眼は違う。心眼は、厳しい状況にもかかわらず、新生しようとするいのちの働きを見逃さない、というのである。

こうしたことは他者をめぐってだけでなく、自分自身においても起きるだろう。絶望するとき人は、自分のうちにあって燃え上がる、よみがえりの火に気が付かないことがある。

人生はしばしば、私たちには聞きとれない声で語りかけてくる。意識はそれをつかみ取れない。だが、意識の奥にある心はそれを把握し、夢として照らし出す。

悪夢に苦しむ。しかし、その奥には悪夢の意味を刷新する、もう一つの記憶されない夢が潜んでいる可能性がある。それはベルクソンにとって、ほとんど確信に近い実感だったのである。

新生のとき

もう十年前のことになる。二〇〇七年の晩冬、仕事で青森に行った。少し早めに到着して、時間があったので青森県立美術館を訪ねた。

地方の美術館には都会のそれとは別種の充実がある。喧騒もなく、奇抜な演出もない。たとえば、東京の美術館に行くと時折、頼みもしないのに横から解説の声を吹き込まれるような展示や演出に遭遇することがある。作品よりも、それを選んだ人間の主張を突きつけられる、と感じることもあるが、青森のときは違った。そこには、美との邂逅を求めて訪れる者を優しく出迎えてくれる空気があった。

ちょうど、工藤甲人《こうじん》という画家の大きな展覧会が開催されていた。不勉強で工藤のことは知らなかった。彼は一九一五年に現在の青森県弘前市に生まれ、二〇一一年に九十五歳で亡くなっている。圧倒的な写実の力と時空を超えた想像力で、人間の内面世界を描き出した現代日本絵画の一翼を担う異才である。

彼の代表作に「夢と覚醒」（一九七二）と題する作品がある。背景は、青を基調にして彼方の世界の光景が描かれ、中心には、ちょうど体一つが入るほどの大きさの穴を備えた老木が描かれている。そこに、両性具有のギリシア神話の若き神々にも似た人が、すっぽりと包まれるように佇《たたず》んでいて、外界をのぞいている。

木にはもう、枝も葉もない。老いたる樹木も仮の姿で、すでに精霊となった何ものかが、この来訪者を守護しているようにも映る。その人物は、木の穴から出ようとしない。出る勇気が持てない、と感じているのかもしれない。しかし、その眼は世界の深みを、また、絵の前に立つ私たちの心の底をじっと見つめている。

平日の昼間だったこともあって来館者は多くなかった。「夢と覚醒」をじっと眺めていると、「ああ、私だ」、という声が聞こえた。胸の奥から一滴のしずくを絞り出す、そんな嘆息にも似た響きだった。

はっとして横を見ると、女性があふれるように涙を流し、この絵画から発せられる何かを全身で受け止めようとしている。彼女は、自分のつぶやいた声に驚いたようだった。そして横に私がいたことに気が付き、あわてて次の絵に向かって足を進めた。

美術館は芸術を鑑賞するだけの場所ではない。人間の心にふれる場だ。画家の、描かれた人の、また来館者の心にあるものが空間のなかをたゆたっている。

訪れる人はさまざまな思いを胸にやってくる。心躍らせる者ばかりではなく、渇いた心に美の水を注ぎこもうとする者、あるいは、内なる暗がりに光を招き寄せようとする者もいるだろう。容易に癒されない傷を背負ってくる者もいる。しかし、どんな人も静かに、あるいは穏やかに、また強く、あるいは烈しく、様相はさまざまだが、心を震わせる何かを求めていることにおいて深くつながっているのではないだろうか。

「傑作というものはわれわれの心琴にかなでる一種の交響楽である」と岡倉天心はいう。絵画だけでなく、彫刻であれ、器を通じてであれ、美にふれるとき人はそこに心にだけ響く無音の「交響楽」を聴くというのである。芸術に限らない。こうしたことは、文学に接したときも起こるように思う。美はさらに、私たちのうちにあって、固く鍵を掛けられている感情の小箱をそっと開けてくれることもある。同じ本のなかで天心は、美の見えざる手にふれ、次のように書いている。

美の霊手に触れる時、わが心琴の神秘の弦は目ざめ、われわれはこれに呼応して振動し、肉をおどらせ血をわかす。心は心と語る。無言のものに耳を傾け、見えないものを凝視する。名匠はわれわれの知らぬ調べを呼び起こす。長く忘れていた追憶はすべて新しい意味をもってかえって来る。恐怖におさえられていた希望や、認める勇気のなかった憧憬が、栄えばえと現われて来る。

（『茶の本』村岡博訳）

本当の芸術は、目を刺激するだけでなく、心に呼びかけ、見過ごしていた内なる希望、潜んでいた生きる意味を照らし出す、というのである。

ここに記されていることが真実であることを青森で目撃したのだと思う。誰も自分の孤独を分かってくれない。分かるはずがない、そう感じていたかもしれない彼女が、未知なる画家の作品によって突然、あなたは独りじゃない、そう呼びかけられ、それだけでなく、あなたには、まだ自分でも気が付いていない勇気の翼があると告げられたのである。

美はときに、生命をよみがえらせる炎になる。先の一節に天心は、こう続けた。

わが心は画家の絵の具を塗る画布である。その色素はわれわれの感情である。その濃淡の配合は、喜びの光であり悲しみの影である。われわれは傑作

――によって存するごとく、傑作はわれわれによって存する。

絵を見るとは、それぞれの人が、自らの感情によって心の画布に絵を描くことでもある。歓喜は光となり、悲哀は深みとなる。私たちは、傑作によって慰められ、ときに生きる力を得る。しかし傑作は、そうした人間の生ける感情によって育まれている生けるものだ、と天心はいう。

芸術とは、絵や彫刻といった物体を指すのではなく、絵画や音楽、あるいは言葉とそれを受け取る人間とのあいだに生起する、二度と繰り返されることのない出来事にほかならない。

人は同じ絵を繰り返し見ることはできない。絵を見て新生した今日の「私」の心は、昨日の私のそれとはまったく異なる姿をしているからである。

苦手な国語

国語が苦手だった。少しではない。もっとも苦手な科目の一つだった。成績はもちろんよくない。五段階で「二」が多かった。大学受験では十校受けたが、国語の科目のあるところはすべて落ちた。受ける前から結果は分かっていた。それほどに苦手だったのである。合格した大学の試験科目には国語がなく、英語と社会科、そして小論文だった。

苦手だったが、嫌いな科目ではなかった。国語の教科書は、ぼろぼろになるまで読んだ。授業中に好きな本を隠れて読むほど器用ではなかったので、教科書を繰り返し読むようになった。それでもいっこうに成績は上がらなかった。

「国語」という科目に対する、何か大きな不適合があるのは間違いない。しかし近年、何のめぐりあわせか「国語」の試験と、これまでとは別なつながりが生まれてきつつある。著作の一部が高校、大学の入試や予備校の模擬試験に採用されるようになったのである。

毎年、春の終わりから初夏にかけて、試験問題にあなたの文章を用いた、ついては承諾をいただきたいという旨の連絡が各地の高校、大学から来る。当然ながらすべて事後報告でこちらが意見を述べる余地はない。事前に情報が伝われば設問内容の漏洩につながるからだ。

通知と共に問題が送られてくるのだが、時折、当惑することがある。執筆者でありながら、ほとんど答えることができない。自分の文章が問題になっても国語が苦手なのは変わらないのだから筋金入りなのだろう。

入試の合否は、問題の難易度に関係なく、最終的には一点を争うことになる。書いた本人も解けない問題を出題された受験生を思うと心が痛む。そんなことを考えていたら、詩人茨木のり子（一九二六〜二〇〇六）が同じことを書いていた一節に出会った。

私の詩が、入試に使われたことが何度かあり、試験が終わってから入試問題が送られてきて、キャッ！　と叫ぶことがある。試験問題だからすべて事後承諾で、否も応もない。自分の詩でありながら、設問になんら答えられず、0点間違いなし。これに答えなければならない受験生たちに、まったく同情する。

（『ハングルへの旅』）

奇妙に感じられるかもしれないが、文章が何を意味しているか、書き手がすべてを理解しているわけではない。実際に書いてみればすぐに分かるが、書くという行為は、世間で思われているほど意識的な行為ではないのである。むしろ、無意識の働きがなくては「書く」という営みは起こらない。うまく書こうとする意識が、「書く」

ことを邪魔することもしばしばある。

「メモする」ことと「書く」ことは違う。メモは、誰が書いても同じことを記号的に記入することだが、「書く」とは、その人がそのときにだけ記し得ることを、文字によって世に刻み込もうとする営為にほかならない。

文学の場合、自分が何を「書いている」のかを知らないまま作品を世に送り出す、それが書き手の日常ではないだろうか。読後の感想を聞きながら、そんなことを書いていたのかと驚くこともある。

何が書かれているのかを決定するのは、書き手より、読み手の役割である。そう考えてみると、問題を作るという行為は、高度な「読み」の営みにほかならないから、原作者がまったく気が付かなかった意味の深みに作成者がふれ、それを「問題」としているとしても何ら不思議なことではない。

しかし、それが唯一の「正解」である、と断定されると新たな疑問が浮かんでくる。文章は一つだが、読者は幾人もいる。見た目には同じ文章でも読む人によって意味はまったく変わる。

読み手は、書き手の意図と異なる意味を感じてよい。昨日までまったく分からなかった文章が、ある出来事を経ることで、なまなましい実感を伴って迫ってくる、そんな経験は誰にもあるだろう。こうしたことは誰にでも起こる。したがって昨日まで強く批判されていた人から急に理解を示されるようなことにも遭遇するのである。

学校へ行きたくない、そう訴える生徒が増えている。実際に通わなくなった子どもたちだけでなく、できればそうしたいと切望する者たちのことを考えれば、不登校を望む人々はすでに少数派とは呼べないだろう。それほどに問題は深刻さを増している。

欧米ではこうした状況が先んじて起こっていて、法も整い始めている。そうした若者たちのために新しい学びの場を作ろうとする動きが日本でも二十世紀の終わり頃から起こった。この試みは「フリースクール」と呼ばれ、その輪は全国に広がりつつある。

昨今、フリースクールと義務教育とがどのような整合性を持ち得るかをめぐって論議が進んでいる。従来の学校に通わなくても義務教育課程を修了したものとみなそうというのである。

学ぶ場、あるいは学ぶ方法の多様性が認められるのは望ましい。だがそれと同時に、新しい法律の整備される際には、なぜ学校制度がこれまでのように働かなくなったかをめぐる十分な考察も行われなければならないだろう。

自らの心身の苦痛を、実際に不登校というかたちで表現する子どもがいる一方で、そうした行動に出ることができずに苦しんでいる者たちも多く存在するのは、容易に想像できる。

子どもたちは、子ども同士の人間関係だけで不登校になっているとは限らない。教師との関係、あるいはその場を包み込んでいる言葉、雰囲気を含む場や時空、あるいはそうしたもの全体に、名状しがたい違和を感じているかもしれないのである。

二年ほど前になる。大阪に本拠地を置くフリースクールで子どもたちと、読むことと書くことをめぐって考えるひとときを持った。表面上は「授業」のような形態を取ってはいたが、生起していたのは真摯な対話である。

宮澤賢治の詩集を真ん中に、みんなで語り合ったのは、学校のテストで試されるような「正しい読み方」「正しい書き方」は、果たして存在するのかという問題だった。六十分ほどの授業のなかで到達した見解は、厳密に考えれば考えるほど、同じ読み、同様に書かれた文章はあり得ないのではないかというものだった。

もちろん、文字の正しい読み方はある。花は「はな」で、水は「みず」だ。しかし文章の意味となると話はまったく違ってくる。読みに「正解」は存在せず、意味はどこまでも多様になる、人はどこまでも自由に書物と向き合ってよい。だが、それは「私」の経験だから、他者に強制することはできない。

人は誰も、他者の心をのぞきこむことはできず、自分以外の人が何を感じているのか、本当のところは分からない。もしそうだとしたら、自分のおもいが他者に理解されなくてもさほど嘆かなくてもよくなる。

最後に、今日感じたことを言葉だけでなく絵でも、どんなかたちでもよいから書いてみてほしいと言って授業を終わりにした。

人前で話すのに、これほどエネルギーを費やしたことはない。費やした、というのは精確ではないのだろう。そうすることをあの場が求めてきたのである。帰り道はほとんど虚脱状態だったのをよく覚えている。

しばらくして、子どもたちから文章が届いた。そこに記されていたのは何とも言えず美しい言葉だった。それは世に二つとない、彼、彼女たちがこの世に見出すことができた稀有なる光の刻印だった。

生命力に満ちた言葉は、それを読む者に書くことを促す。子どもたちの文章は、改めて言葉とは何かを考えさせてくれた。

言葉は力だ
眠れるものを

芽吹かせる

言葉は炎だ
消え入りそうないのちに
火を灯す

言葉は水だ
こころの渇きを
しずかに癒す

言葉は光だ
心に
不可視な宝珠を照らし出す

あの日、どうにかして言葉の光を届けたいと思って教壇に立った。だが、子どもたちを前にして、すぐに分かった。光を浴びていたのはこちらだったのである。

迫真の力

いつの間にか、若い人にさまざまなことを問われるような年齢になった。ついこの間まで、人生で迷うことは誰かに聞けばよいと思い込んでいたが、今は、そんな質問を年下の人から受けるようになってしまった。

もちろん、答えなど持ち合わせていないから、そのことをまず説明し、どうしてその質問をする気になったのかと、逆に問いかけ、しばらく対話をする。すると不思議なことだが、ほとんどすべての場合、問いを発した者が、どうするべきなのかを自ら語り始めるのである。

こちらも一応、年長者の威厳を示そうと、答えはないといいいいながらも、それらしきものを準備しているのだが、その言葉が口から出たためしがない。人は、誰しも自分にとって自然なありようを理解している。ただ、それに確信が持てないでいる。ここでの「自然」とは、努力をしない生き方を指すのではない。努力はある苦しみを伴うが、そこに意味があるのが、はっきりと感じられる状態を指す。生きていればうまく行かないこともある。むしろ、そうした場合の方が多いかもしれない。だが、それは、天気に晴れも雨もあるように「自然」なことなのだろう。

慣れないことに果敢に挑戦し、失敗する。迷惑をかけた人に謝罪をし、分からないことは頭を下げて教えを乞う。あまり格好のよい姿ではないが、きわめて自然な人間の成長の道程であることは、少し年齢を重ねれば分かる。さらにいえば自然であることは人間の成長にかかせない条件なのかもしれない。

「自然」という言葉を思うとき、次に引く染織家で稀代の随筆家でもある志村ふくみの文章が思い出される。野に咲く小さな花を見て、彼女はこう語った。

茎、葉、花、それぞれの形と色彩はかくあるべき劫初《ごうしょ》の姿として寸分の迷いもない。形は小さいが、その凛々しさ、奥深さは大輪の花に比して、小さい故の迫真《はくしん》の力をもっている。

（『語りかける花』）

「劫初」という言葉は、あまり聞きなれないかもしれない。私もこの一文で知った。辞書的には「この世のはじめ」という意味だが、ここでは「どこからともなくやってきて、この世に顕《あら》われる」という動的な様子を指すのだろう。

彼女が見ている植物は小さく、人の眼も引かない。しかし、その姿においては、いっさいの不足がない。むしろ、奥深く、小さいがゆえに、大輪の花が持つ威厳とは異なる「迫真の力」を有している。

「大輪の花」という言葉は、世に汲めども尽きない情愛をもたらす、聖者のような人を思わせる。

そうした異能に恵まれた人は確かにいる。だが、それは例外的存在だろう。少なくとも私には縁がない。関心は自ずと小さき花に向かう。大きな花を咲かせられる者は、豊かに開花させ、世に喜びを振りまくとよい。しかし、小さき者は、小さいがゆえに持ち得る働きをなすのが自然なことなのだろう。

先にあった「迫真の力」という一節を読んだとき、私のなかでそれは瞬時に「真摯な祈り」と置き換えられた。多くの人に幸いをもたらすことはできないかもしれない。しかし、この小さなわが身いっぱいに祈ることはできるかもしれない、そう思った。先の一節に志村はこう続けている。

我々は仕事の上で自然を模倣する。しかし、何を模倣するのか、自然がこのように野を彩り、踏みにじってかえりみもしないであろう小さな野の花を至高の美に形づくるのはなぜなのだろう。そこにはきっと深い神の意図があるはずである。我々はその一滴をも汲みとるために、小さな花の語る声に耳を傾けたいと思うのだった。

こうした文章を読んでいると、彼女が花の前でしずかに手を合わせている姿が浮かんでくる。祈りとは、こちらの願望を神に告げることではない。黙し、彼方からの無音の呼びかけを聞くことである。ここで彼女が「小さな花の語る声に耳を傾けたいと思う」と書くのもそうした心境なのだろう。

人が自らの願いから離れ、少しでも生の余白を生み出すことができたとき、「自然」がその空白を埋めるのではないだろうか。祈るとは、自己のうちに小さな余白を生み出そうとすることなのではないだろうか。

一語に出会う

「物」という言葉は、現代では無機質な物体を示す表現になりつつある。しかし、もともとの意味は違った。それは、手にふれることはできないが、確かに存在する何かを指した。一人前になることを「物になる」というのはそのためだろう。

歴史は「物」であると語った儒学者もいる。そこには、人間とは別な姿で生きている、という語感もある。動物、植物、鉱物という言葉にも同質の意味は生きている。石は生きていないではないか、というかもしれないが、それは近代の生命観でしかない。古代はもとより、中世の歌人にとって岩は生命が宿る場所だった。同質の実感は宮澤賢治にもある。地球は巨大な生命体だと語るガイア理論の提唱者、ジェームズ・ラブロックのような人物もいる。

もう十年以上前だがラブロックと一度だけ話したことがある。どうしてガイア理論を唱えるようになったのかと質問すると、「動く」という感覚を人間的感覚から少し広げてみると世界が違って見えてくる。人間を中心にしないで世界を感じ直してみると生命体としての地球がありありと感じられてくる、と語っていた。

人は、自分と似た姿をして動いているものを「生きている」と呼ぶが、まったく異なる様相をした生けるものも存在する。紙に印刷された言葉は動かない。しかし、それを人が読んだ途端、言葉は私たちの心のなかで生き始める。

そう考えてみると、「書物」という言葉も不思議な響きを携えたもののように見えてくる。それは言葉を宿した、生けるもの、ということになる。

探していた人と出会うように、本ともめぐり逢ったという経験、あるいは、自分で書物を選んだというより、書物に呼ばれたとしか言い得ない出来事も起こる。

現代人は、有益なことを知ろうとして多くの本を読もうとする。あるいは多くの本を読んだ人を頼みにする。しかし私たちには、書物との関係を築き上げていこうとするとき、まったく別種の道も開かれている。それは、書物に記されている言葉を知るのではなく、生きてみることだ。生きるとは、知性と感情と意思を一つにして、人生という海に向かって船出することにほかならない。

そこには、知性がなくては理解できないものもあるが、知性だけでは分からないものにも遭遇する。頭で知るだけではほとんど意味をなさないものと向き合うことも少なくない。

どこからともなくやってきて、心の奥深くにじっと佇《たたず》むようにしている言葉は、それを読む私たちに「知られる」ことを欲していない。それを生きることで感じ直してみることを求めてくる。

言葉が知る対象ではなく、めぐり逢う何ものかであると感じられるとき、私たちはそこに、ほとんど本能的に一つの「生命」を感じる。言葉を生ける何ものかであると感じられさえすれば、それとの出会いはときに人生の「事件」になる。

文学とは他人にとって何んであれ、少くとも、自分にとっては、或る思想、或る観念、いや一つの言葉さえ現実の事件である、とはじめて教えてくれたのは、ランボオだった様にも思われる。

（小林秀雄「ランボオIII」）

多くの言語に通じるのでもなく、たくさんの言葉を知ろうとするのでもなく、一つの言葉の意味を、今の自分にはこれ以上は深めることはできないというところまで掘り下げてみる。そこで人は、かけがえのない人生の一語を見出すことがある。もしそれが、生きる意味を照らすものとなるなら、短くない月日をそのために賭さなくてはならなかったとしても、けっして後悔はしないだろう。

そうした言葉は、一つだったとしても強く輝き、生きる意味を明らかにする力を有している。さらにいえば誰もがすでに、その一語を自らの手に握りしめている、と私は思う。

感動は、未知なるものに出会ったときに生起する現象ではない。すでにふれていながら、十分に認識することができなかった何かにふたたび遭遇したときに湧き上がる歓喜の経験なのではないだろうか。

失せものの聖人

とにかく、よく物を失くす。注意力が足りないからなのか、それに留まらない何か大きな欠陥があるからか、知命も近い年齢になってくると、こうした癖を直したくても直せないと思い、諦めている。

生後四十日ほどでカトリックの洗礼を受けた。受けたというよりも、気が付いたら受けていた。カトリックでは受洗すると「洗礼名」という、もう一つの名前を与えられる。それは儀礼的なものではなく、その聖人によって守護される生活が始まる、とカトリックでは信じられている。その名は歴代の聖人の名前から取られるのだが、私の場合は「パドヴァのアントニオ」という。

パドヴァは、イタリアのヴェネチアから少し離れたところにある街で、その土地出身のアントニオという人物なのである。十三世紀に活躍したアッシジのフランチェスコの高弟で、説教に秀でた人物だった。

アッシジのフランチェスコがどんな人物かは知らなくても、アメリカの都市サンフランシスコの名前は聞いたことがあるだろう。この名前はフランチェスコに由来する。「サン」は「聖」を意味する言葉で、アッシジもパドヴァと同様にイタリアの地名である。

人々はフランチェスコを「清貧の聖人」と呼ぶ。彼は裕福な織物商の家に生まれた。ある時期までは自由奔放な生活を送っていたが、いくつかの不思議な出来事を経て、次第にその生活は清貧の様相を帯びてきて、キリストの生涯を追体験するという道を選ぶようになっていく。

この人物にとって、キリストの生涯をたどるとは、貧しき者、弱き者、悲しむ者、苦しむ者に寄り添って生きることにほかならなかった。フランチェスコは西洋では珍しく自然を深く愛し、人間だけでなく、鳥をはじめとした動物にも説教をしたと伝えられる。こうしたフランチェスコの姿に魅せられ、アントニオはその門をくぐり、その血脈を継いだ。

カトリックの聖人と「奇跡」は分かちがたい関係にある。より精確に言えば奇跡を起こすことができないと聖人になれない。その時代の科学をもってしても治らない病に苦しむ人が聖人になろうとしている人に、治癒がもたらされるようにと、祈る。厳密には、奇跡をもたらすのは神だから、その取り次ぎを聖人に願う。昨今もマザー・テレサが聖人になったが、現代でも世界のどこかでこうした奇跡が複数例起こったことを意味している。

一方、こうした公式の「奇跡」とは別に、いつの間にか民衆の生活に根付いた聖人への願いごとがある。個々の聖人にはそれぞれの役割が与えられ、パドヴァのアントニオは、失せものの聖人として愛されている。イタリアでは何かものを失くすと人々はこの聖人にそれが発見されることを祈願する。偶然か、それとも何かの働きがあるのか、私は、失せものの聖人に守護されなくてはならないような星の下に生まれたようなのである。

物をよく失くすからなのかもしれないが、本当にかけがえのないものは「もの」ではなく、お金では買えない何かだと、あるときから思い定めた。

もちろん、生活に必要なものはお金で買わなくてはならない。しかし、日常の生活の奥にある、「人生」において、なくてはならないものは、どんな店に行ってもそれを購《あがな》うことはできない。お金を出して買えるものは誰かに与えてもらうこともできる。しかし、人生にとって不可欠なものは誰かの手から買うことはできない。

別な言い方をすれば、お金で買えないものをよく眺めていると、いつの日か自分の人生において本当に必要なものの姿が浮かび上がってくるようにも思う。

一九二三年に関東大震災が起こった。その年に、柳宗悦（一八八九〜一九六一）が「死とその悲みに就て」と題する文章を書いている。柳の名前を知らない人でも「民藝」という言葉は聞いたことがあるだろう。美は、芸術家によって作られた「作品」ばかりではなく、無名の民衆によって生み出された日用品にも宿る。むしろ、後者において美は、豊かに、また広く経験されると柳は考えた。
彼の眼はいつも、人々が見過ごしてしまう語らざるものに注がれている。大震災のあとに書いた文章で彼は、悲嘆の底で流される涙こそ、亡き者たちへのもっとも貴い供物になると語った。

死にし人々にとっては、残る人々から贈られる涙が、どんなにか嬉しいであろう。果敢ない存在の記憶は只《ただ》それ等の人々の心によって守られている。私達とても悲さや苦さがなかったら、かくも切《せつ》に故人を想う事は出来ないであろう。涙こそは記憶を新にしてくれる。悲さに於て、此《この》世の魂と彼《かの》世の魂とが逢うのである。

生者と死者が新たな関係において出会うとき、生者は、涙を見えない花束として死者にささげ、悲しみを再会の場所としてまみえる、というのである。

自らの死を悼む他者の涙が、人生にとってかけがえのないものだとしても、生きているうちにはそれを手にいれることはできないではないか、それでは意味がない、という人もいるかもしれない。だが、まったく別な考え方もできる。人の「人生」は、この世で肉体が滅んでも終わらないのかもしれないからだ。

死者の姿を見ることはできない。それにもかかわらず、死者はいると感じている人は少なくない。死者というとよそよそしいが、愛するあの人は亡くなっても自分のそばにいて「生きている」、そう信じている人は多くいる。

生ける死者の存在こそ、人生は死のあとも続くという確かな証しなのではないか。人生において、なくてはならないものとは、現世に必要なものではなく、彼方の世界においてもなお、かけがえのないものなのではないだろうか。それがお金で買えないのは当然だ。お金をあちらの国に持っていけない事実がそのことを、はっきりと教えてくれている。

旅のはじまり

さあ、走れ。そうすれば、早く目的地に到着する。だから、歩かないで走れ。みんなが走っているように、手を大きく振って、足を動かせ。

いつからか、誰ともなく、そう言われて育ったような感じがする。やみくもに走れとは言っていない。ただ、応援していただけだと語る人もいるかもしれない。だが、ゆっくりでも走っている人に、「がんばれ」と声援を送るときは、その声が相手に届くときには「もっと速く走れ」に変わっているのを忘れない方がよい。言われた方は、引きずりながらでも足を進めようとする。

学校生活だけではない。社会に出てからも、そんな雰囲気があった。つねに前年を超える売上を上げるのが暗黙の掟だった。目標を達成する。だが、その翌日には新しい目標が掲げられる。

振り返ってみれば、それは会社の目標であって、私の目標そのものではなかった。それを何度達成しても、自分の探しているものに出会えるとは限らない。もしかしたら、西へ向かわなければならない旅人が、東へ歩き出してしまっているようなこともあるのかもしれない。

よい仕事をするのは、生きていくうえで、もっとも大切なことの一つだ。しかし、それは、何らかの数値目標にわが身を投げ出すことではけっしてない。

仕事はじつに大きな、また、大切な何かを私たちに教えてくれる。仕事とは、一人ではできない営みを、他者と力を合わせて成し遂げようとする試みにほかならない。人は仕事を通じて他者と出会い、ついには自己と出逢う。また、仕事とは、他者とは何かを身をもって知る場である。私たちは仕事を通じて、助けを必要とする人が自分の横にいるときに手を差し出すことの意味を学ぶ。それは単なる善意の行いではない。人を助けるには勇気がいる。私たちは他者に手を差し伸べることによって、勇気の源泉を自らのうちに確かめるのである。

走れという無言の声はひしひしと感じていたが、誰ひとりとして、どこへ向かって走るべきかは言わなかった。考えてみれば、当たり前のことだ。人は誰も、ひとりひとり別な旅をする。どこへ向かうべきかなど、自分すら知らない。それなのに、どうして他者がそれを示すことができるだろう。

さらにいえば、人生の目的地などないのではないか、とすら今は思う。もし、人生が旅であるなら、私たちはみな、旅人ということになる。旅に出ている人は誰も、少し親切にされてよい。また、困っている旅人を助けるのに理由はいらない。

ある時から、旅と旅行は似て非なるものになった。旅行にはいつも行き先が存在する。詳細な日程が決まっていなくても、どこへ行くかについてのゆるやかな計画がある。だが、旅は行き先がなくても成立する。むしろ、未知なる場所に赴こうとするとき、その心の中ではすでに旅は始まっている。

さらにいえば、旅とは、物理的にどんなに遠くに行ったとしても、自らの内なる原点に還っていこうとする人生の挑みのようにも感じられる。

人は、真の旅を求める。ほとんど本能的にそれを希求する。もし、抗しがたい力によって——世に言うレールに乗って——あるところへ到達したとしても人は、その地点から必ず、自分の旅を始めることになる。

昔から旅は、歌によく詠《うた》われた。『新古今和歌集』は全二十巻からなるのだが、その第十巻は「羇旅歌《きりょか》」と題して、旅における心情を詠った和歌が集められている。その最初には、元明天皇の歌として伝えられる次の一首がある。

飛ぶ鳥の　明日香の里を　おきていなば
君があたりは　みえずかもあらむ
（八九六）

「飛ぶ鳥の」は、「明日香」にかかる枕詞で、「明日香の里」は奈良時代の藤原の宮

（藤原京）、七一〇年に平城京に遷都《せんと》する前の都である。歌の大意は、明日香の里を離れてしまうと、あなたの暮らしているあたりも見えなくなってしまうのだろうか、となる。

この歌は作者不詳として、『万葉集』（第一巻・七八）にも収められている。遷都のときの歌とされているが、現代の私たちは、こうした知識は横に置いて、もっと自由に歌を感じてもよい。

作者は遠からず、この場所を離れなくてはならない。すると愛する人が住むあたりの風景も見ることができなくなる、と歌を詠みつつ、これまでにないほど鮮やかに愛しい人の姿が浮かび上がってくるのを感じ、胸に炎を抱くような心地すらしたかもしれない。

歌としては、旅立つ前に詠まれたものなのだろうが、その心のなかではすでに旅が始まっている。歌の作者はそこで、会えないときに人はもっとも愛を深めるという、新しい人生の真実と出会っているのである。

かなしみの記憶

夕刻、日が沈みかけた頃、ゆっくりと銀座を歩き始めた。そこで見たことをエッセイに書くという雑誌社からの依頼のためだった。

この街は、陰陽の働きが強く結びついている。「陰」は暗く、「陽」が明るいのではない。陰陽は二つの異なるものではなく、陰の暗がりが陽の働きを強く支えている。光が輝いて見えるところにはいつも、暗い場所がある。

目に見えるものの奥に、それを生かしている何かがあるのは、この場所だけでなく生きている人間も同じだ。それを仮に「心」と呼ぶことにする。イギリスの詩人ミルトン（一六〇八～一六七四）は心をめぐってこう書いたことがある。

心というものは、それ自身一つの独自の世界なのだ、――地獄を天国に変え、
天国を地獄に変えうるものなのだ。

（『失楽園』平井正穂訳）

街にも心があるとすれば銀座は、かなしみの街だ。昔の人は「悲し」「哀し」とだけでなく「愛し」、または「美し」と書いても「かなし」と読んだ。「かなしみ」という言葉の底では、悲と愛と美が分かちがたく結びついている。悲しみの奥にはいつも深い情愛があり、そのおもいこそ、人が、この世に生み出し得るもっとも美しいものだというのだろう。

壮麗な笑みを周囲に振りまく人の心にも、他者には容易に推し量ることのできないかなしみがある。むしろ、そのかなしみが微笑みの源泉であることも少なくない。人は、誰かに笑いかけながら自分を励ましていることもある。

並木通りの歓楽街には黒塗りの高級車が何台も止まっている。その周辺にはきらび

やかな人、店、言葉、振舞いをいくつも目にする。

だが、少し離れてその様子を見ると、それらの華々しさを支えているかなしみが、どこからともなく感じられてくる。訪れる人、それを迎える人、それぞれのかなしみが大きければ大きいほどに、発せられるものはそれとは異なる、麗《うら》らかなものに映るのかもしれない。

歩きながら、四半世紀以上前、自分の人生を大きく変える出来事に遭遇したのもこの街だったことを想い出した。もっとも深く交わったのは大学時代で、銀座を含む中央区に暮らす要介護の老人を抱える家を訪ねて、区が無償で配布する大人用の紙おむつを届けるアルバイトをしていた。

始めたのは賃金がよかった、というだけの理由だったが、終わる頃には大学を卒業したら介護用品にかかわる仕事に就きたいと感じるようになっていた。

銀座の大動脈である中央通り、その後ろにあるすずらん通り、並木通りには、規模の大小を問わず、今日の美を象徴する店舗が軒を連ねている。そんなビル群の最上階にはオーナーの家族が住んでいる場合が少なくない。そんな家に何度も紙おむつを届けた。

アルバイトの配達は日曜日の朝早めの時間に始まる。街はまだ静まりかえっていた。すると、どこからともなくこの街の息吹のようなものが感じられてくる。どの街にもその場所に特有の息吹があるが、それはせわしく動いているときにはけっして聞こえてこない。

しかし、こちらが思いを鎮め、口を閉じさえすれば、耳には聞こえない街の声が感じられてくる。

住み慣れた町に夜遅く、ほとんどの人が寝静まった頃に戻って、独り道を歩いているときにふと全身で感じる、あの感触だ。

大学を出て働くようになってから、銀座を訪れた日にはいつも、何らかの目的があった。本を買う、食べ物を買う、映画を見る、人と待ち合わせをする。そんな風に明らかな目的があるときにはかえって、かつて自分が感じていた、この街の心情のようなものが感じにくくなってきていた。

目的があるとき私たちは、そこに関係のあるものだけを見る。そんなときは行き慣れない場所に迷い込むこともないのだが、その代わり、街が私たちに声をかけてくれることもない。

それは人と会っているときに、その人の外見ばかりを気にしているのと似ているのだろう。どんな姿だったかは覚えていても、どんな心持ちだったかは、ほとんど感じられていないのである。

銀座の構造は人のからだを思わせる。細い血管のような道を通っていくと、人通りの少ない場所に小さな店があって、そこではさまざまな喜怒哀楽が生まれている。目に見えるものだけでなく、皮膚の下にあって見えないところで働いている、さまざまな「器官」のような場所が存在している。

その姿はどこか、胸に深いかなしみを秘めながら、笑っている人の姿を思わせる。

彼方からの誘《いざな》い

幼い子どもにも、自分と向き合いたいと感じることはある。一人になって自分の心と向き合う時間を飢えるように欲する、そんな衝動を覚える。孤独を愛する、というとずいぶんと大人めいた響きに聞こえるが、そうした抗いがたい思いは、もの心ついたばかりの頃からすでにあった。

それは今も変わらない。睡眠時間は多少短くてもよいのだが、誰とも話さない時間が一日のうちに睡眠時間の半分ほどないと、全般的に調子がよくない。人間嫌いではないと思うのだが、一人でいる時間がほかの人よりも必要なのかもしれない。

今日では「衝動」という言葉はどこか、否定的な文脈で用いられることが多いが、必ずしもそうとは言えない。人は生涯のあいだに幾度か、人生の衝動と呼ぶべき情動を抱く。そうした実感が、もっともよく表現された文章の一つが、松尾芭蕉(一六四四〜一六九四)の『奥の細道』のはじめにある次の一節ではないだろうか。

——予もいづれの年よりか、片雲の風に誘はれて、漂泊の思ひやまず

自分が旅に出るのは、自分の願望であるよりも、雲の誘いによるもので、それに抗うことはできない、というのである。

人は誰も、容易に埋めがたい虚無を内に抱えて生きている。それは自信の欠落や不安、あるいは不信といったかたちで現れる。

虚無は恐ろしい。そう感じるかもしれない。しかし、もし、虚無を感じることがなければ王侯の子息だった釈迦が、ブッダ(目覚めた人)へと変貌することもなかったし、法然、道元が生まれることもなく、一人の北面の武士が西行となることもなかっ

た。彼らにとって虚無との遭遇は、回心の始まりを意味していた。

さらにいえば、虚無の風が吹く、それは人生における新しい旅の始まりを告げている。そう芭蕉は感じていたように思う。先の一節に芭蕉はこう続けている。

道祖神の招きにあひて取るもの手につかず、股引の破れをつづり、笠の緒付けかへて、三里に灸すうるより、松島の月まづ心にかかりて、住めるかたは人に譲り

旅へと招くのは人間ではなく、旅先の土地にいる道祖神たちである。それを感じたらもう居ても立ってもいられず、服の破れを直し、笠の緒を付け直して、足にある三里というつぼに灸をする。遠く松島の空に浮かぶ月が強く心に浮かび上がってくる。住まいも人に売ってしまった、というのである。

住まいを売却したのは旅の資金が必要だったからかもしれないが同時に、当時の旅

はつねに、生命の危険を感じながら行われる行為だったことが暗示されている。

何かにせき立てられるように旅立つ芭蕉の姿は、他者の眼には不可解なものに映ったかもしれない。しかし、彼には打ち消しがたい必然があった。芭蕉ならずとも人生のうちに何度か、こうした衝動を経験する。それは、我意から出たものであるよりは自らのおもいを乗り越えるものとして抗しがたい力を持って顕《あら》われ、見知らぬ場所へと誘《いざな》う。

虚無を感じるのは、私たちの人生に意味がないからではないだろう。今感じているよりも深く、生きる意味を感じるようにと、人生が求めているのではあるまいか。

旅とは、芭蕉のように遠くへ行くこととは限らない。世界は確かに広い。しかし、個々の人間が宿している宇宙もまた、はかり知れないほどに広く大きい。

出発しなければならないのは、外ではなく、内なる旅なのかもしれないのである。

めぐり逢いのとき

出会いは作るものだ、という人もいる。「会う」ことはそうなのかもしれない。しかし、「逢う」時機がいつ訪れるかは、人の自由にはならないのではないだろうか。会って、顔を見たり、言葉を交わしたりするのは難しくない。しかし、心と心がふれ合うような出来事を「逢う」というのだとすれば、それを人が造り出すことはできない。

さらにいえば、「会う」が、何かと出会った瞬間を指す表現だとしたら、「逢う」は、めぐり逢うまでに要した時間、あるいは、会えなかった時間を含む、持続的な時の流れを包み込むようにも感じられる。

誰かに会うのは、人生の重大な出来事に違いない。しかし、会わずにいる時間もまた、きわめて大きな意味を持っている。そればかりか私たちは、会えない日々を愛《いつく》しむことさえできる。会うことばかりに心を傾けていると、会えない時間に潜んでいる人生からの呼び声を聞き逃すことになる。

逢うためにもっとも大切なのは待つことだ。待つことにこそ、意味がある。どんなに会いたいと思う人であっても、無理をして会わない方がよい。意図的に会おうとすると、逢うことができなくなる。さらにいえば、会いたいと思う強い気持ちが、めぐり逢うことから私たちを遠ざけることもある。

ある人に会いたいと思っていたが、体調が思わしくないと聞いていたので遠慮していた。近くまで行ったのだが、会わずに帰ったこともある。今回も迷ったが、あることで直接御礼を伝えたいこともあり、電話をすると、少しなら話ができるという。

翌日、扉を開けて部屋に入ると、痩せた体をベッドに横たえている彼女の姿が眼に入ってくる。ベッドの傍らに座って、「こんにちは。ご無沙汰しています」と声をかけると、にこりと微笑み返してくれた。

「少しお痩せになりましたね」というと、

「ぶざまな生き方をしてきました」と彼女はいった。

彼女との会話はいつも、こうした予期しない言葉から始まる。

「改めて思ったのですが、じつに多くのお仕事をなさいましたね」と話しかけると、彼女は笑みを浮かべながら「ごみのような言葉を散らかして参りました」という。

その日は、言葉少なな様子だった。ふわりと掛けられた毛布から手を出している。期せずして、その手を握りながら話すことになった。こちらが謝意を述べると彼女は手を握る。それは会話の相槌のようでもあり、ある明確な意思の表明のようでもある。

言葉では多くを語らなくてはならないことも、やわらかく手を握られるだけで伝わってくる。手のひらからでも思いは伝わる。ときには耳に聞こえる言葉よりも強く、はっきりと胸の奥に響き渡るように感じられた。

そうした言葉の奥にある意味そのものを、ここで「コトバ」と書くことにする。私たちはあまりに言葉を使うことに慣れ、コトバの世界を見失いつつあるのかもしれない。それはときに、沈黙の姿をして現れることもある。

彼女はいつも、深いところに丁寧に折りたたまれている裂地《きれじ》をゆっくりと広げるように語る。その言葉は、重いというよりも厚いといった方がよいのかもしれない。だから、聞いたその場では十分に感じ取れないこともある。

「でも、おやすみになるのも仕事です」と語りかけると、「周りからもそういわれます」と愛くるしい姿で応じる。

初めて彼女の言葉にふれたのは、高校生のとき、町の小さな古書店の軒先で、百円で売られていた文庫本によってだった。以来、その言葉は私を貫き、今日に至っている。あのとき出会ったのは言葉ではなかった。むしろ、光に似た何かだった。その光線に照らされて今日まで歩いてきたようにも思う。

あのときから三十余年を経て、その人のベッドの傍らで、手を握りながら話をしている。こんな未来をどうやって思い描くことができただろう。逢うためには、どうしても、時の助力がなくてはならない。むしろ、時が、出会いを出逢いに変じるのだろう。

光は世を照らすもの
人が目にする光線は
光によって照らされたもの

コトバは世界をつくるもの
世にある言葉は
コトバから生まれたもの

人はしばしば

七色の光線を見るが
光を知らない

日々　言葉を用いるが
語られざるコトバとは何かを
解さない

涙する者を目にしても
悲嘆がどこからくるのかを
顧みない

苦しんでいるものはときに語らず、悲しむ者は涙を流さず生きている。そのことを教えてくれたのは彼女だった。

帰り際に彼女はこう言った。「文学とは何かを改めて考えています」

返す言葉がなかった。

文学の実相とは何か、それをわずかでも彼女と語り合うべきときがきたら、もう一度、あの部屋を訪れよう、そう思いながら帰路についた。

文学とは何かを問う彼女の声は、今も胸のなかで鳴り響いている。

失敗という名の教師

失敗は、数えきれないほどしてきた。日常生活の失言もあれば、会社での業務上のミスもある。だが、仮にそれらをすべて列挙しても失敗の全貌は明らかにはならない。語られる失敗は、失敗だとその人が感じているものに過ぎないからだ。

誰もが、自分の知らないところで失敗を繰り返し、積み重ねている。ここに失敗をめぐる大きな、また厄介な問題がある。失敗はつねに現在進行形なのだろう。

人は、本当に後悔していることを他者には容易に語らない。他者だけでなく、自分でもそれを直視しようとしない。そうした心のありようをドストエフスキー（一八二一～一八八一）が見事に言い当てている。

どんな人の思い出のなかにも、だれかれなしには打ちあけられず、ほんとうの親友にしか打ちあけられないようなことがあるものである。また、親友にも打ちあけることができず、自分自身にだけ、それもこっそりとしか明かせないようなこともある。さらに、最後に、もうひとつ、自分にさえ打ちあけるのを恐れるようなこともあり、しかも、そういうことは、どんなにきちんとした人の心にも、かなりの量、積りたまっているものなのだ。いや、むしろ、きちんとした人であればあるほど、そうしたことがますます多いとさえいえる。

（『地下室の手記』江川卓訳）

顕《あら》われざる失敗、語られざる失敗こそ、真に「失敗」と呼ぶべきものだが、人間には失敗を封印する習性がある、というのである。

会社で失敗をすると始末書を書かされる。そこで人はもう二度と同じことは繰り返

さないという できもしない誓いのような文言を書かされる。

だが、反省文を書くのはあまり有効ではないようで、始末書を書いた人が、同質のミスを犯すのを散見する。自分も例外ではない。必要なのは反省だけではないのだろう。

素直に反省できれば問題ないのだろうが、強いられて反省するとき人は、自分だけが悪いのではない、と誰にも聞こえない声で言い訳をする。真の反省は、この聞こえない言い訳が終わったところから始まる。

なぜ、そうした出来事が生じたのか、その道程を逃げずに直視することなく、態度を改めることはできない。だが、その勇気を絞り出すのが難しい。大きな勇気はいらない。過ちをめぐって書いてみるがいい、とこの作家は提案する。

私たちは未来の失敗を恐れる。過去の失敗と同様のことが起こるのではないかとおびえている。しかし、恐怖に身をまかす前にやらなくてはならないのは、「失敗」だと感じている出来事の、本当の姿を見極めることだろう。そのためには、可能な限りありのままに内心の現実を書いてみるのがよい、とドストエフスキーはいうのである。

素朴な提案だが、語られていることに偽りはない。失敗の深みにふれようとするとき、欠くことができないのは、後悔や反省よりむしろ、部屋で独りペンを持ち、自らの心を映しとろうとする小さな勇気なのかもしれない。

書くという営みは人を独りにする。別な言い方をすれば、書くことによって人は独りになることができるともいえる。独りでなくては感じられない世の光景があるように、自らの「失敗」の本質も、人が独りになったとき、その心にゆっくりと映じてくるもののように思う。

振り返ると、思うように生きようとする際、より頻繁に失敗に遭遇していた。あまりに強く思い通りに生きたいと願うとき、人は自らの手のひらに人生を収めようとしている。もちろん、世界はそのようには出来ていない。思うように生きようとすることで人は、失敗に近づくとすらいいたくなる。

思うままに生きられない状況がすべて失敗かというと、そうであるとは限らない。思いもよらない幸運に恵まれることも少なくない。

ともあれ、かつてに比べると「失敗」という表現をあまり用いなくなった。同時に、世にいう「成功」への関心も薄れてきた。

「失敗」の顔をして訪れる幸福もある。「成功」というものはいつも誰かが作った基準ではないのか。年齢も知命に近づくと、そんな人生からのささやきをふと耳にすることもある。

問題は、失敗と成功の二者択一にあるのではなく、そのあいだに潜む、「と」の世界にある。小さな幸福を、いかにして「と」の世界に探し当てることができるかにあるのではないだろうか、と思ったりもする。

孤独を生きる

「孤立」は他者との関係が失われようとしていることを指す言葉だが、「孤独」は違う。孤立はない方がよい。しかし、孤独のときはなくてはならない。人生には孤独のときにしか感じられない何かがある。

孤独になるのが難しい時代になった。独り暮らしをしていても、インターネットを開けば無数の人とつながってしまう。自動車は便利だが、歩かなければ筋力は衰える。利便性を手にしたとき、人はそれを補う生活術を身につけなくてはならない。よほどのことがない限り、インターネットを手放すことがないならば、私たちはある労力を費やしてでも独りの時間を生み出す努力をしていかなくてはならないのかもしれない。

人々と共にでなくてはできないことがあるように、独りでなくてはできないこともある。だが、現代はそれを見失いつつある。

独りでなくてはできないこととは何だろう。食べることは独りでもできるが誰かと一緒に食べてもいい。散歩もそうだ。これらは独りでもできるが、独りでなくてはできないことではない。しかし、本を読むこと、文章を書くことは独りでなくてはできない。別な言い方をすれば、本を読み、文章を書くことを生活に取り入れるだけで、人は「独り」の時空を作り出すことができる。

同じ本を読んでもそこに見出す意味は個々の人間によってまったく違う。それどころか一つの文字にも人は、まったく異なる意味を感じている。

学問的な事実はある。学者はそれを探究するか、読者はもっと自由に書物に接することができる。私たちは書物に、客観的事実とは別な、「私」の真実を見つけてよい。

だが同時に、読書は自分だけの固有な経験であることもよく認識しなくてはならない。自分と異なる読後感があってもそれを否むことは誰にもできない。

本を多く読むのと、深く読むのとがまったく異質な経験であることは、「読む」を「食べる」に置き換えればすぐに分かる。数多くのページをめくれば深く世界を認識できると思うのは、残念ながら空想に過ぎない。それはプールで長く泳げば、海を深く理解できると信じ込むことに近い。ゲーテと同時代人でもあった哲学者のショーペンハウアー（一七八八〜一八六〇）は、近代人が陥りがちな多読をいさめるようにこう記している。

読書は、他人にものを考えてもらうことである。本を読む我々は、他人の考えた過程を反復的にたどるにすぎない。習字の練習をする生徒が、先生の鉛筆書きの線をペンでたどるようなものである。

（『読書について　他二篇』斎藤忍随訳）

哲人は、読書が無意味だと語っているのではない。ただ、お手本をなぞるような読書からは抜け出さなくてはならないというのである。彼が私たちを誘おうとしているのは読書という習慣ではなく、読書を通じた思索の営みだ。この本の表題は、「思索について――読書によって陥りがちなわなをめぐって」とでもした方が内実に近い。それほど著者は読者に向かって強く、読書だけで終わる生活を戒め、思索を促す。「思索」という表現は、あまりなじみもなく、難しく感じるかもしれないが、ショーペンハウアーがいうそれはじつに明快で、私たちがいつか向き合わなくてはならない人生からの問いを生きることを指す。

しかし、いきなり、思索せよといわれてもなかなかうまく行かない。思索を準備するのにもっとも簡単な、また確実な道ではないかと感じている行為がある。それは「読む」ことで終わりにするのではなく、「書く」ことだ。さらにいえば「読む」と「書く」を繰り返すことなのである。

「読む」と「書く」はもともと、本当の意味で何かを認識しようとする一つの試みの、二つの側面にほかならない。

真に認識することをここでは「分かる」と表現する。人生の意味を「分かろう」とするとき、「読む」と「書く」は、呼吸のように分かちがたく結びつく。

たくさん読んで、たくさん覚える。それだけでは何も始まらない。それは鎧を身につけただけで自分が強くなったと思い込むのに似ている。

吸うことだけを訓練しても、なかなかうまく吐けるようにはならない。深く吸うために人は、深く吐くことを覚えなくてはならない。

現代の心は、幼い頃からたくさん「読む」ことによってため込んだ情報でいっぱいになっている。私たちはそれを、ひとたび「書く」という営みを通じて外にとき放つ必要がある。

思っていることを「書く」のではない。それはメモに過ぎない。むしろ、「書く」ことによって、自分が何を考えているのかを知る。「読む」ことで私たちは人が何を考え、感じているのかが分かるようになった。次は、「書く」ことで自分が何を感じ、どう生きているのかを確かめる番ではないだろうか。日々を生きなくてはならないのは、他者の考えではなく、私たち自身の人生なのである。

青い鳥

誰もが幸せになりたいと願っている。「青い鳥」は、幸福の到来を告げる使者の代名詞だから、人はみな、青い鳥を探している、といえるのかもしれない。

「青い鳥」という呼称は、ベルギーの文学者モーリス・メーテルリンク（一八六二〜一九四九）による同名の戯曲に由来する。

この作品の主題は、人はしばしば遠くに幸せを探しがちだが、じつは近くに、もうすでに与えられているということにある、とされる。

それは確かに厳粛な事実で、近くにあるものを遠くに探しがちなのは現代人が陥りがちな罠であるのは間違いない。

隣に自分を大切に思ってくれている人がいるのに、その人とは言葉を交わさずにパソコンやスマートフォンを開いて、遠くにいる人に言葉を送ってばかりいる。メーテルリンクの警告は、今日もけっして古びてはいない。

だが、現代人が抱えている問題は、もう少しだけ複雑で、根深いのかもしれない。遠くに見知らぬ何かを探すのを止めて、近くを熱心に探しても幸福を見出し得ないこともなくないからだ。

うれしいこと、愉しいこと、快適なことを追求していけば、いつか幸せになれるなら問題はない。そうしたことを繰り返し、人はしばしば虚しさを発見する。埋めがたい空虚をよりいっそう感じることさえある。

すべての色は、ある感情に結びついている、と語ったのはゲーテだが、幸せの鳥が「青」になったのも偶然ではないだろう。

色の意味は、必ずしも言語化できない。それればかりか名状しがたい感情と強く結びついている。赤は、怒りを象徴することもあるが、燃えるような生命力を指すこともある。

青は、純潔を意味する色でもあるが、フランスの象徴派詩人ステファン・マラルメによれば、それは悲しみを指す色でもある。

親友を喪って、悲嘆のなかで生きたピカソは、いつからか絵の背景を青で描くようになった。人はそれを「青の時代」と呼ぶ。ピカソの絵を見た深層心理学者のユングは、「青」は死者の国の色、冥界の色だといった。

青は、悲しみの、あるいは嘆きの色であり、また、亡き者の世界から差し込む光の色でもあるだろう。もしそうなら、悦楽だけでなく、悲しみや嘆きのなかにも「鳥」を見つけることができれば、一歩幸せに近づくのかもしれない。

鳥は、さまざまな宗教やそれに類する文化において天界と地上を結ぶものの象徴とされてきた。キリスト教で鳩は平和の代名詞であり、『旧約聖書』においては預言者の御使《み》いだった。『万葉集』で詠われるホトトギスは生者と死者の心をつなぐと信じられた。

こうしたことを踏まえてみると「青い鳥」は、日常にしっかりと足を据えつつ、彼方の世界に心を開き、生者との関係だけでなく、死者たちの存在を感じつつ、探していくべき何ものかであるのかもしれない。

愛する者を喪う経験は、誰にとっても耐えがたい苦痛となり、人を苦悩の底に叩き落とす。しかし、そこで人は「青い鳥」と出会うのかもしれないのである。

ナチス・ドイツは、ユダヤ人であるというだけで人々を逮捕し、強制収容所に入れ、無差別に処刑した。医師だったヴィクトール・フランクル（一九〇五～一九九七）もその一人だった。

彼は生き延び、のちにそのときの体験を『夜と霧』（邦題）という著作に書いた。この本は二十世紀に記された思想書のなかでもっともよく読まれた本の一つとされている。フランクルは収容所での経験を踏まえ、「苦悩」という言葉を自らの哲学の根幹に据《す》えた。『夜と霧』には次のような言葉がある。

かつてドストエフスキーはこう言った。「わたしが恐れるのはただひとつ、わたしがわたしの苦悩に値しない人間になることだ」

（池田香代子訳）

苦しみ、悩むことが幸せだというのではない。だが、苦悩は、私たちが感じているよりもずっと幸福の探求と密接に関係している。「青」は苦悩の色だ。フランクルやドストエフスキーならそういうだろう。

苦悩はいつか必ず、人を真の幸福へと導く翼になる、そう彼らは信じているのである。

あとがき

人生にはいくつかの、開かなくてはならない扉があるようで、そうした出来事を経るたびに生の光景は違って見えてくる。

あるときまでは、自転車に補助輪をつけて走っていればよかった。しかし、何のまえぶれもなく、ひとりで、未知なる道を走らなくてはならない日々がやってくる。

時が来れば、卵がおのずと殻をやぶるように、私たちもそれまでいた場所から一歩外にでなくてはならない。

また、人生の荒波という表現もあるように、生きるとは、海のような場所をどうにか漕ぎ渡ろうとすることでもあるのだろう。人生の海にいると方角が分からなくなることがある。地図を持たない旅人のようになる。

そうしたとき、私たちを助けてくれるのが言葉だ。言葉が、人生の羅針盤になる。さらにいえば、言葉こそが、もっとも確かに私たち個々の生の行方を指し示してくれるのではないだろうか。

二十一歳から二十二歳にかけて、こころを病んでいた。別なところでも書いたが、実社会に出て働くのが怖くて、自分という小さな世界に閉じこもる日々が続いていた。そんなある日、師である井上洋治神父を囲む『新約聖書』の勉強会があり、そこでやるかたない自分の心情を神父に語ったことがある。独りよがりの長い話だったが、私の言葉が切れると彼は、深みから何かを照らし出すようにこう語った。

「君の苦しみは君の苦しみだから、ぼくは、それが何であるか、ほんとうのところは分からない。しかし、君が苦しんでいるのはよく分かる。それは、君に生きることが始まった合図、人生が始まった合図なのではないのだろうか」

そう話したあと彼は、生きるとは、プールで泳ぐことではなく、ひとり小さな舟で海に漕ぎ出すようなものではないだろうか、とも言った。

プールは大きさが決まっていて、急に深くなることも、波もない。そこは消毒されていて人間以外の生き物もいない。しかし、海には同じ深さのところなどないし、そこには無数の生き物がいる。波の大きさも一定ではなく、その上にいるとき、私たちはいつも揺れ動いている。

人生に確実な答えなど存在しないことは皆、知っている。しかし、揺れ動くなかで人は、生きるための確かな手応えを感じられるようになってくる。確かな、とは絶対に間違いがないことを指すのではない。その人が、わが身を賭してもよいと感じるに十分な感覚を指す。

それは言葉との関係においても同じで、あるときから多くの言葉を知ることよりも、自分にとってかけがえのない言葉の深みを感じ直してみることの方がよほど大切なことに気が付く。

さまざまな段階を経るなかで、同じ言葉の意味は大きく変わってくる。むしろ、一つの言葉に世界の深みへと通じる扉を見出すようになっていく。「祈り」という言葉は、私にとってそうした意味の深みを感じさせてくれる一語になっている。
原子爆弾投下直後の広島の光景を描き出した、「夏の花」という小説の作者として知られる原民喜は、稀代の詩人でもあった。「感涙」と題する詩で彼は、自らにとっての祈りを次のように歌い上げる。

まねごとの祈り終にまことと化するまで、
つみかさなる苦悩にむかひ合掌する。
指の間のもれてゆくかすかなるものよ、
少年の日にもかく涙ぐみしを。

おんみによつて鍛へ上げられん、
はてのはてまで射ぬき射とめん、
両頬をつたふ涙　水晶となり

――ものみな消え去り　あらはなるまで。

　ここで「おんみ」と民喜が呼びかけるのは、涙である。涙こそ、人生の意味を照らし出す光だった。そして「祈り」は、悲痛のしるしである涙を、聖なる宝珠である水晶に変じることさえもする、というのである。民喜にとって祈りとは、願い事を口にすることではなかった。むしろ、未知なる自己との、さらにいえば自己を超えた者との無音の対話だった。

　言葉の羅針盤は、しばしば音のないまま何かを指し示そうとする。民喜がいう「指の間のもれてゆくかすかなるもの」が語るのを聞こうとするとき人は、こころのなかにある眼を、耳をしずかに開かなくてはならないのかもしれない。

　本を世に送り出すときには、書いているときとは別種の喜びがある。書くことは孤独な営為だが、書物を作り上げるのは、編集者、校正者、装丁家、営業担当者、さらには書肆《しょし》の人々までを巻き込んだ営みになる。

『言葉の贈り物』と同じく、編集は内藤寛さん、校正は牟田都子さん、装丁は坂川栄治さん、鳴田小夜子さん、装画は植田志保さんに担当していただいた。彼、彼女らとふたたび協同できたことに感謝を送り、この本の誕生を一緒に喜びたい。

日ごろ働いている薬草を商う会社の同僚たちにもさまざまな助力をもらった。「言葉」というように薬草のはたらきと言葉には深く豊かな一致がある。彼、彼女らと喜びと試練をともにできることを誇りに思う。この場を借りて、改めて深い感謝の念を表したい。

また、私の知らないところで、私が気が付かないところで言葉を預けてくれた人々にも感謝をささげつつ、この本を世に送り出したいと思う。

二〇一七年七月十二日　盟友の誕生日に

若松　英輔

『言葉の羅針盤』ブックリスト

本書で紹介されている本のリストです。
さらなる読書の参考になさってください。

- 人生の報酬

『ある人質への手紙』
アントワーヌ・ド・サン＝テグジュペリ　山崎庸一郎訳　みすず書房
『星の王子さま』サン＝テグジュペリ　内藤濯訳　岩波文庫

- 文字の深秘

『本居宣長』上・下　小林秀雄　新潮文庫
『論語』金谷治訳注　岩波文庫
『古事記』倉野憲司校注　岩波文庫

- 手紙の効用

『新古今和歌集』上・下　久保田淳訳注　角川ソフィア文庫

- 光の場所

『新約聖書』フランシスコ会聖書研究所訳　サンパウロ

- 内なる医者

『ユング自伝1――思い出・夢・思想』

・たましいの水

カール・グスタフ・ユング　アニエラ・ヤッフェ編　河合隼雄他訳　みすず書房

『アラン定義集』アラン　神谷幹夫訳　岩波文庫

・塵埃の彼方

『ユング心理学入門――心理療法コレクション〈1〉』

河合隼雄著　河合俊雄編　岩波現代文庫

・見えない導師

『古寺巡礼』和辻哲郎　岩波文庫

『テアイテトス』プラトン　田中美知太郎訳　岩波文庫

『抽象芸術論――芸術における精神的なもの』

カンディンスキー　西田秀穂訳　美術出版社

・島への便り

『古今和歌集』高田祐彦訳註　角川ソフィア文庫

『明恵上人集』久保田淳・山口明穂校注　岩波文庫

・肌にふれる

『みだれ髪』与謝野晶子　新潮文庫

『万葉集 全訳注原文付』中西進訳　講談社文庫

・記憶されない夢

『夢判断』上・下　フロイト　高橋義孝訳　新潮文庫

『精神のエネルギー』アンリ・ベルクソン　原章二訳　平凡ライブラリー

- 新生のとき　『茶の本』岡倉覚三　村岡博訳　岩波文庫
- 苦手な国語　『ハングルへの旅』茨木のり子　朝日文庫
- 迫真の力　『語りかける花』志村ふくみ　筑摩文庫
- 一語に出会う　「ランボオⅢ」『小林秀雄全作品〈15〉モオツァルト』小林秀雄　新潮社
- 失せものの聖人　『柳宗悦コレクション3　こころ』柳宗悦　筑摩文庫
- 旅のはじまり　『新古今和歌集』上・下　久保田淳訳注　角川ソフィア文庫
- かなしみの記憶　『失楽園』上・下　ミルトン　平井正穂訳　岩波文庫
- 彼方からの誘い　『おくのほそ道』（全）松尾芭蕉　角川ソフィア文庫
- 失敗という名の教師　『地下室の手記』ドストエフスキー　江川卓訳　新潮文庫
- 孤独を生きる　『読書について　他二篇』ショウペンハウエル　斎藤忍随訳　岩波文庫
- 青い鳥　『青い鳥』モーリス・メーテルリンク　堀口大學訳　新潮文庫
　『夜と霧　新版』ヴィクトール・E・フランクル　池田香代子訳　みすず書房

【初出】

「人生の報酬」　「暮しの手帖」2017年6月号
「手紙の効用」　「新潟日報」2014年3月22日
「言葉の光」　「新潟日報」2015年10月24日
「島への便り」　書き下ろし
「苦手な国語」　書き下ろし
「かなしみの記憶」　「GINZA」2017年5月号
「孤独を生きる」　共同通信2017年4月25日配信

右記のもの以外は、
亜紀書房ウェブマガジン「あき地」二〇一六年十一月十日〜二〇一七年五月二十二日に連載。
なお、収録にあたり、タイトルを含め大幅に改稿しています。

若松英輔（わかまつ・えいすけ）

批評家・随筆家。1968年生まれ、慶應義塾大学文学部仏文科卒業。2007年「越知保夫とその時代 求道の文学」にて三田文学新人賞、2016年『叡知の詩学 小林秀雄と井筒俊彦』にて西脇順三郎学術賞を受賞。

著書に『イエス伝』（中央公論新社）、『魂にふれる 大震災と、生きている死者』（トランスビュー）、『生きる哲学』（文春新書）、『霊性の哲学』（角川選書）、『悲しみの秘義』（ナナロク社）、『生きていくうえで、かけがえのないこと』『言葉の贈り物』『詩集 見えない涙』（以上、亜紀書房）、『緋の舟 往復書簡』（志村ふくみとの共著、求龍堂）など多数。

言葉の羅針盤

2017年9月7日　初版第1刷発行
2018年6月3日　　　第2刷発行

著者　若松英輔

発行者　株式会社亜紀書房
〒101-0051
東京都千代田区神田神保町1-32
電話(03)5280-0261　振替00100-9-144037
http://www.akishobo.com

装丁　坂川栄治＋鳴田小夜子（坂川事務所）
装画　植田志保
印刷・製本　株式会社トライ
http://www.try-sky.com

ISBN978-4-7505-1517-5　Printed in Japan

若松英輔

詩集　見えない涙

活字から声が聞こえる、若松さんの詩には体温がある。
——谷川俊太郎氏

この詩集を読む者は、まず詩情のきよらかさに搏たれる。それはただの純情ではなく、ぎりぎりまでものを考える知性で裏打ちされている。まるで奥深い天上の光が差しこんで来るかのようだ。
——石牟礼道子氏

泣くことも忘れてしまった人たちへ。
26編の詩を収めた、初の詩集。

1800円+税

好評！　若松英輔のエッセイ集

言葉の贈り物

1500円＋税

生きていくうえで、かけがえのないこと

1300円＋税